육십이 넘어서 한 생각들

겨울부채 지음

도서출판 소리원

평화의 시선으로 '저 너머'를 보게 되길

　육십의 문턱을 넘어선다는 것은, 삶의 언어가 조금씩 달라진다는 뜻입니다. 젊은 날의 언어가 꿈과 열정, 성취의 어휘로 가득했다면, 이제는 고요와 성찰, 그리고 감사의 음절들이 더 자주 입술에 맴돌고 가슴으로 다가옵니다. 어쩌면 육십이 넘어서야 겨우 서두르지 않고도 놓치지 않는 눈으로 세상을 바라볼 수 있는 것 같습니다.

　철학은 오래전부터 인간을 단순한 도구가 아닌 그 자체로 존엄한 목적이라고 가르쳐 왔습니다. 종교 역시 인간 안에 깃든 불멸의 의미를 노래해 왔습니다. 그러나 삶을 오래 살아본 이에게는 그 가르침이 더 이상 추상적이지 않을 수 있습니다. 타인에게 건넨 미소 하나, 기억 속에 남은 따뜻한 손길, 지치고 힘든 이를 일으켜 준 작은 위로, 그 모든 순간이 인간의 소중한 가치를 드러내게 됩니다.

　인간의 가치는 생존에 남기는 거대한 업적이 아니라 누군가의 마음에 오래 남는 온기입니다. 젊음은 '나는 무엇을 할 수 있는가'로 자신을 규정하지만, 육십 년의 시간을 지켜본 나의 세월은 지금의 나에게 물어옵니다. '나는 어떤 사람이었는가.'

불교는 집착을 비우고 본래의 나를 찾아가라 하고, 기독교는 하나님의 형상 속에서 참된 자아를 발견하라고 합니다. 철학 또한 우리가 걸어온 길 속에서 자신을 직면하라 속삭입니다. 결국 정체성이란 외부의 칭호나 성취가 아니라 스스로에게 떳떳한 삶의 이야기, 그 이야기 속에 묻어 있는 진실입니다.

인간은 누구도 피할 수 없는 죽음의 그림자가 있습니다. 그러나 그것은 어둠만을 뜻하지 않습니다. 죽음이 있기에 삶은 더욱 투명해지고, 유한함이 있기에 매 순간은 찬란할 수 있습니다. 하이데거(Martin Heidegger, 1889~1976)는 인간을 '죽음을 향한 존재'라 했고, 신앙은 죽음을 새로운 문으로 여겼습니다. 불교는 생멸의 흐름 속에서 다시 이어지는 생을 말하고, 기독교는 영원한 삶으로의 귀향을 약속합니다. 그렇게 죽음은 사라짐이 아니라 삶을 완성하는 마지막 구절일 수 있습니다.

이 글은 바로 그 구절을 준비하는 마음으로 쓴 작은 기록입니다. 삶은 끝을 향해 달려가지만, 그 길 위에서 우리는 여전히 인생과 사랑을 배우며 과거는 삶의 가장 큰 유산이며 진실이야말로 가장 깊은 흔적입니다.

육십이 넘어서 겨우 알아낸 생각으로 죽음을 두려움이 아닌 평화의 시선으로 바라볼 수 있는 내가 되고 싶습니다. 인생은 유한하지만, 그 유한함 속에서 영원을 어루만질 수 있을 것이란 믿음이 있기 때문입니다. 육십이 넘은 지금까지도 변함없이 지켜주는 아내와 사위·딸에게 감사의 마음을 전하고, 보잘것없는 글이 잘난 체하는 것으로 비치지 않았으면 하는 바람입니다.

2025년 늦가을
메릴랜드에서
겨울부채

CONTENTS

제1부

Andantino

두 개의 동굴

—

어머니 뱃속 천연동굴 속을 유영하다

심연을 응시했다

크로마뇽인의 그림

말·곰·코뿔소 여덟 다리

동굴을 빠져나가려 골고다 언덕

질의 제단 카바 바위에 절했다

열 손가락으로 자궁을 더듬고

토해내고 머리를 밀어 넣었다

동굴과 나를 잇던 탯줄이 끊어졌다

나를 기다리던 건 가나다라

어머니의 피빛 젖꼭지, 흡혈귀 같은 영혼

내 이름은 *Homo Spritu Alis*, *Homo sapiens*가 아니다

지혜 있는 자가 아닌 욕심 많은 호기심뿐

빛과 그림자가 어둠 속을 달리다 또다시 어둠으로

　과학자들에 의하면 우주가 생겨난 지 93억 년이 지나서 광활해진 우주의 한 곳에서 태양과 지구라는 별과 행성이 형성됐다고 합니다. 수억 년이 더 지나서 지구에는 생명이 탄생했고, 수많은 생물 종이 나타나고 사라지는 진화의 과정이 38억 년 이상 이어지면서 호모 사피엔스라는 종이 출현했다고 합니다.

　사람은 생명의 역사에서 아주 최근이라 할 수 있는 30만 년 전쯤에 등장한 동물의 한 종이고, 그런 의미에서 인류의 역사는 생명의 역사에 펼쳐진 수많은 생명 가지 중 보잘것없는 하나에 불과합니다. 하지만 인류는 진화를 통해 다른 종들은 도달하지 못한 고유한 속성들을 획득해서 지구의 정복자가 됐고, 고도 문명사회를 건설했으며 자신을 만든 우주와 생명에 대한 이해에 도전하고 있습니다. 그래서 궁금해졌습니다. 인류의 진화 과정에서 다른 종들에는 없었던 어떤 특별한 일이 일어났던 것일까? 무엇이 인류를 그 외의 수많은 생물 종과 다르게 만들었는가?

인류의 역사는 생명의 역사에 등장했던 수많은 생물 종 중에서 호모 사피엔스라는 종이 갖는 동질성과 차별성을 이어주는 이야기이자 인류 진화 과정을 살펴서 자신의 존재를 이해하고자 하는 인류를 위한 서사입니다.

천연동굴 속을 유영하다 심연 속을 응시했다

내 안의 '나'는 누구인가? 내 안에서 들려오는 소리는 무엇인가? 밖으로 보이는 내가 과연 진짜 '나'일까? 내 안에 살아 숨 쉬는 수많은 얼굴들은 도대체 누구인가? 하지만 언제나 어디서나 나만이 유일하게 소유할 수 있는 '나'이기에 어렵지 않고 쉽게 대답할 것 같은 질문일 것이라는 생각은 어리석은 저의 착각이었습니다.

오히려 나 자신에 대한 질문에 앞서 인간 존재에 대해 좀 더 깊은 근원을 이해할 필요가 있다는 생각이 들었습니다. 그러기 위해서라면 위에 던진 질문들에 명확한 답을 낼 수 없다 하더라도 새로운 질문들을 계속해서 던지면서 스스로 답을 찾아가는 노력이 필요할 수 있습니다. 그것은 누가 알려 줄 수도 없는 것이지만, 설사 알려줄 수 있어서 알려준다 해도 스스로 깨닫지 못하면 아무런 소용이 없는 것입니다.

육십이 넘으면서 조금씩 궁금해졌습니다. 삶의 의미를 찾기 위해 나는 지금 어떤 질문을 던져야 할까? 도대체 나를 알아간다는 건 어떤 의미가 있는 작업일까? 먼저 나를 알아간다는 것 중에서 '나'라는 사람이 어떠한 정체성을 가져야 하는가 하는 문제부터 알고 싶어졌습니다. 어쩌면 한 인간으로서 자기만이 가질 수 있는'나'라고 여길만한 속성을 가리켜서 정체성이라고 할 수도 있을 것입니다.

다른 한 편으로 살아가야 하는 의미, 다시 말해서 왜 사는가 하는 원초적인 의문을 품게 됩니다. 태어난 것은 본인의 선택이 아닐지라도 살아가는 방법은 본인이 만들어 가는 선택일 수밖에 없습니다. 그 선택의 결정을 위해서 살아가는 의미가 필요한 것일 수도 있습니다.

또 다른 질문으로 '나'라는 사람이 왜 존재하고 있는가에 대한 질문이 생깁니다. 어떻게 살아야 하고 이렇게 살아도 되는가 하는 질문으로 출발해서 왜 존재하게 되었을까? 어떻게 존재하게 되었을까 하는 그야말로 존재 그 자체에 대한 질문이 꼬리를 물고 질문하게 됩니다.

갑자기 머리가 흐릿해지며 눈앞이 깜깜해졌습니다. 질문 자체는 어렵지 않고 간단하게 느껴질 수 있을지 몰라도 내가 누구인지 알려면 오랜 시간과 깊은 고뇌의 과정이 필요할 것 같습니다. 그리고 생각에 생각을 덧붙이고 고심에 고심을 거치는 인내와 숙성의 과정을 거쳐야 찾을 수 있을 것 같다는 생각이 들었습니다.

지금 보이는 것, 무언가의 껍질에 쌓여 포장되어 있는 나, 겉만 보이고 속살은 감추어진 나, 어디까지가 진실이고 어디부터 감추어진 것인지 그 경계가 불분명합니다.

결국 나는 무덤을 판다… 절정의 침묵 앞에

생물학자나 생명학자의 말을 들어보면 인간의 능력은 그리 대단한 것이 아니라고 합니다. 개와 비교해서 후각이 일 만분의 일 수준이고 올빼미의 청각은 인간보다 백 배나 뛰어나다고 합니다. 눈에 보이는 것, 손에 잡히는 것, 마음으로 거머쥐는 것. 불교에서는 그 모두를 '색(형상)'이라 부른다 합니다.

만나고 타협하고 양보하고 때로는 싸우기도 하는 우리 안의 온갖 감정이 모두 실체가 없는 형상일 뿐입니다. 우리는 그것이 '있다'고 확신하며 살아갑니다. 그래서 움켜쥐려고 애쓰고 수고 합니다. 그것은 집착일 수 있습니다. 붓다는 '있는 게 아니야. 그건 없는 거야. 있는 것이 없는 것이다'라고 하였는데, 우리는 '아니야. 이건 진짜 있는 거야. 있는 것이 있는 것이다'라고 자신의 상황에 맞게 합리화하여 해석하고 내 주장을 앞세웁니다. 그렇게 가득 채우기만 해서 빈 곳이 드러나질 않고 더 이상 들어설 곳이 없습니다.

인간의 삶이란 어차피 바람 불고 먼지 나는 광야에 서 있는 존재입니다. 메마르고 황량한 광야에 인간은 자신이라는 악마를 안고 살아가는 것 같습니다. 자신이란 다름 아닌 '내 안의 악마', '내 안의 욕망' 일 수 있습니다. 그 악마가 '나의 뜻'을 만들고 나만의 성을 쌓고 나를 지키려고 방어하고 있기 때문입니다. 그렇게 만들어진 욕망으로 인해 우리는 당연히 외로워질 수밖에 없습니다.

나는 또 다른 동굴로 사라진다… 지구와 함께

살아오면서 겪은 모든 것이 생각했던 것과는 다른 방향으로 결론 났을 수도 있습니다. 그 선택의 순간 앞에 있었던 갈림길이 다시금 내 시야에 들어올 때쯤이면 가정(假定)을 통한 삶의 내력, 만일 그렇게 했더라면 이렇게 변해 있었을 텐데, 아니면 일이 이렇게 된 것은 우연이었을까, 나의 능력이고 노력이었을까, 나는 내가 옳다고 생각하는 것을 위해서 투쟁했던가, 그 삶은 아름답고 가치 있는 일이었을까, 무엇이 아름답고 무엇이 슬픔이었을까, 무엇이 이루어졌고 무엇이 나를 좌

절하게 하였던가 같은 의문을 가지고 지나간 시간을 아쉬워할 수 있습니다.

나의 의지와 상관없이 이미 잘못된 결과를 낳은 일들도 그런 결과가 나오게 되는 것에는 분명한 이유가 있을 것입니다. 삶 속의 개별적인 일들과 전체로써의 삶이 이루어져 인생이 만들어졌고 이제 육십 년이라는 세월 뒤에 소멸의 시간은 그리 멀지 않은 곳에서 나를 기다리고 있음을 인식하는 것이 내가 가장 진실되게 바라보아야만 하는 시선입니다.

확실하게 알 수 있는 것은 나는 분명히 지구라는 세상 안에서 지구와 함께 소멸되어 가고 있다는 사실입니다.

아버지의 그늘

―

처음에

나는 웃고 있었다

꿈은 몸부림치며 하늘을 향했고

검게 삼키는 구름 아래

나는 떠돌았다

이윽고 바람이 왔다

나를 밀어냈다

겨울 들판

흔들리는 태양 아래

죽음의 그림자가

어둠인 양 서 있었다

다시 나는 어깨를 움츠리고

뒤돌아보았다

　2004년 나는 한국을 떠나 미국으로 왔습니다. 팔순의 아버지를 홀로 두고 나만 살자고 미국으로 왔습니다. 떠나기 전날 밤, 자장면 두 그릇에 탕수육 한 그릇 시켜놓고 나는 아버지와 마주 앉아 자장면을 맛있게 드시는 모습을 물끄러미 바라보았습니다.

　그때가 내가 살면서 가장 가까이에서 바라본 아버지의 얼굴이었습니다. 나와 가장 닮은 사람, 내가 나이가 들면 저런 얼굴이겠지, 미래를 보는 것만 같았습니다. 하지만 나는 아버지 등 뒤에 감춰진 그늘은 보지 못했습니다. 정말 그때는 몰랐습니다. 미련하게도 겨우 아버지의 나이가 되어서야 나는 아버지의 그늘이 무엇인지 조금 알게 되었습니다. 아버지는 자장면을 열심히 드시다가 문득 자신을 물끄러미 바라보는 나를 의식했는지, '왜 안 먹냐' 하시고 나서 다시 음식에 열중하셨습니다. 아버지는 일부러 나를 똑바로 보지 않으시는 것 같았습니다. 아버지는 나를 보며 자신의 과거를 생각하셨을까요.

하지만 그때 그 모습이 이 세상에서 마지막 뵐 수 있는 생존한 아버지의 모습일 것이라는 것을 나는 이미 알고 있었습니다. 그리고는 가끔씩 미국 돈 몇 푼 보내 드리는 것으로 나는 아버지에게 우산을 씌워 드렸다고 생각했습니다. 그때는 내가 그늘인 줄 알았고, 아버지의 나무를 인정하지 않았습니다.

이윽고 바람이 왔다… 나무 그림자를 보았다

이제는 아버지가 왜 그늘을 찾아 자신을 내려놓고 가끔 하늘을 쳐다보셨는지 알게 되었습니다. 아버지의 나이가 되기 전에는 나는 기댈 줄도, 울 줄도, 쉴 줄도 몰랐습니다. 이제 겨우 아버지의 나이가 되어서야 강물이 위에서 아래로 흐르는 이치를 알게 되었고 강물에 몸을 맡기고 강물이 흐르는 대로 따라 흐를 줄도 알게 되었습니다. 강물을 따라 흘러가다가 절벽을 휘감아 돌 때가 가장 찬란하다는 것도 알게 되었다.

해 질 무렵에 아버지가 막걸리 한 잔 드시고 집으로 돌아와 내 이름도 아닌 "애비야"를 한 번씩 불러 보셨는지 알게 되었습니다. 아버지의 나이가 되기 전에는 세상과 함께 살 줄을 모르고 거스르며 살았고 고생스러운 삶에 대해 불만이 가득한 상태로 살았기 때문에 아버지가 나의 이름 대신 "애비야" 하고 부른 이유가 이런 나를 걱정하는 마음의 표현이었음을 전혀 눈치채지 못하고 살았습니다.

나는 비로소 이제 서야 아버지의 나무에 기대어 흐느껴 울고 있습니다. 나무의 그림자 속으로 천천히 걸어 들어가 나무의 그림자가 되는 법을 조금 알게 되었습니다.

그러나 아무 흔적도 아버지 그림자도 없었다

보이지 않는 것을 보게 하는 거짓말 같은 꿈, 그것은 지금껏 나를 빼앗아 간 허상이었습니다. 사람을 사람 되지 못하게 하고, 사람만큼 살지 못하게 하는, 그것은 꿈이 아니라 나의 욕망이었습니다. 죽음과 같은 욕망입니다.

온갖 더러움과 음흉함이 진흙탕처럼 질퍽한 욕망. 이 욕망의 구렁텅이에서 나는 헤어나지 못하고 여기까지 도달하였습니다. 나는 왜 아는 만큼 말하지 못하고 가진 것만큼 만족하지 못하며 믿을 만큼 믿지 못하고 보이는 만큼 볼 수 없었던 것일까요. 더 많이 말해야 하고 더 많이 가져야 하며 더 잘 보고 더 잘 믿어야 한다고 생각했고 지금도 그렇게 행동하고 있는 것일까요.

인간답게 사는 것이 무엇이며 어떻게 사는 것이 인간답게 사는 것인지 의문이 생겼습니다. 어쩌면 그런 나를 알기 위해 인간은 거울을 만들어서 자기 자신의 모습을 비추어 보며 나다움을 찾기 위해 노력했는지도 모르겠습니다.

거울 속에 물었습니다. 나는 지금 여기에 왜 있는 것일까. 무엇을 추구하고 어떻게 사는 것이 인간답고 나답게 삶을 이어갈 수 있는 것일까. 인생이라는 여정에서 때로는 고되고, 실망하기도 하고, 그만두고 싶기도 하지만 이 모든 행위가 나를 나답게 살게 하기 행위의 한 부분이고 수단임을 거울 속에 비친 세월의 무게가 가르쳐 줍니다. 나는 그 말을 인정하기로 하며 무거운 고개가 숙여졌습니다.

뒤늦게 알았다… 정도에서 어긋난 삶의 각도를

바람이 걷히고 나면 무엇을 보게 될까요. 떨어지는 나뭇잎,

호수의 잔물결, 별이 총총한 밤하늘, 어린 왕자가 보았던 바오밥나무, 스틱스 강가에서 노 젓는 카렌, 하지만 무엇을 보든 결국은 이곳이 내가 묻힐 곳이 아니라는 것은 알 것 같습니다.

분명한 것은 장미는 장미이고, 별은 별이고 나는 나입니다. 젊어서는 그것들은 내가 동경하던 것들일 수 없었고, 이 세상 어느 곳에도 내 아버지의 나무 같은 건 없는 것이라고 생각했습니다. 물질의 고리를 붙잡은 채 세상 위에 떨어지는 것들에 눈 하나 깜짝하지 않고 자신의 욕망과 대면하고 있는 나의 모습이 겹쳐졌습니다.

다행히 육십이 넘은 지금에서야 조금이기는 하지만 정도에서 어긋난 삶의 각도를 감지할 수 있었습니다. 그런 다음 나라는 나 속에는 아버지의 모습도 아버지의 그늘도 함께 있음을 알게 되었고 비로소 내 시야를 가로막고 있던 것들이 사라짐을 알게 되었습니다.

아버지의 나무 그늘에 기대어 이제는 상관하지 않겠다고 다짐을 합니다. 하늘에 계신 내 아버지 그늘의 그림자가 육십이 넘은 이제서야 조금씩 보이기 시작합니다.

어머니의 무릎

—

풀기 없는 낙엽과 구부러진 길들이

바람 더미에 휩싸여 먼지로 덮이는 어스름 저녁

아침이 오겠습니까, 어머니

아침이 오면 어머니 살갗 내음 은은한 시래기국 맛을 볼 수

있습니까

하늘이 낮아진 겁니까, 아니면

제가 눈부실 정도로 어른이 된 것입니까, 어머니

계절 탓이리라 어머니 마음을 어루만지면

젖은 손등 닦아내시는 당신 거친 손을 잡으며

여지없이 시간을 꼬아서 인고의 세월을 엮는 철저한 슬픔을 안고

밤이 되면

달보다 더 오래 불을 켜고 빈 가슴 너머엔

시린 우풍이 자기모순에 몸부림칩니다, 어머니

아직도 제게는 어른이 멀기만 하고 하늘은 높기만 합니다

어머니

인간은 하늘과 한 몸으로 이루어 햇볕과 구름, 바람으로 살고, 땅의 흙에 기대어 나무와 꽃의 기운을 받아 영글어집니다. 이렇듯 인간은 하늘과 땅이 키워주는 것이라고 어른들은 말하지만, 생물학적 형태로만 어른이고 생각이나 행동으로 어른이 되지 못한 나는 그 말의 뜻을 제대로 이해하지 못하고 살고 있습니다.

하지만 똑똑한 어른들의 생각은 다른 듯합니다. 그들은 사람은 돈을 많이 벌어 잘살아야 하고 높은 자리에 올라 욕망으로 배를 채우고 위를 보며 살아가야 한다고 강조해서 말합니다. 그래서 어른들의 가슴은 언제나 얼음처럼 차갑게 식어 있고 영혼의 샘은 메말라 무엇이 자신을 살게 하는 것인지조차 모르는 것 같습니다.

인간은 누구나 아기로 태어납니다. 아기는 자라서 어머니가 되고 아버지가 됩니다. 그리고 서로 한 몸을 이루어 한 그리움으로 살아갑니다. 우리는 무엇이 되기 이전에 한 그리움으로 살아가는 존재입니다. 그렇게 어른이 되고 어른이 된 우리는 너무 많은 욕심과 기대를 가득 담고 살기에 이 땅의 주인이 아닌 무언가의 보조자의 삶을 살게 됩니다. 열심히 살았다는 생각이 들고 최선을 다해 노력했다고 말하지만 언젠가는 혼자 외롭고 쓸쓸히 가을 길로 걸어가게 됩니다.

젖은 손등 닦아 내는 당신의 거친 손 잡으며

가을이 되면 우리의 마음은 고요하게 물결치는 호수입니다. 혼자 조용히 붉게 물들어 갑니다. 바람이 불면 그 바람에 흔들리게 되고 구름이 지나가면 그 구름의 그림자가 드리워집니다. 어스름한 저녁, 이제 집으로 돌아오면 그곳이 살아있는 어머니의 가슴이 됩니다. 어머니 가슴에 안겨 꿈을 꿉니다. 그곳에서 내 마음이 슬피 울고, 깊은 고뇌와 절망으로 쓰러지고 어지러움에 꿈을 덮을 때가 있습니다.

자신이 세상의 중심인 줄 알았던 어린 시절의 내가 꿈속에 보이고 무엇을 기다려야 하는지 알 수 없는 것들이 나타난 후, 꿈에서 깨어난 나는 그것 역시 내가 살아온 방식으로 바라볼 수밖에 없으며 내가 살아가는 방식대로 이해할 수밖에 없다는 것을 알게 됩니다.

세상 풍파에 요동치고 욕심으로 들끓는 마음 밭에 어머니의 별이 고요히 내리고 가을바람에 정신을 차리고서야 비로소 말없이 고개를 들 수 있습니다. 아무도 돌 봐주지 않는 세상에 오직 혼자만이 감당해야 하는 것들이 무수히 존재하며 나를 외롭게 하는 세상에 어머니의 가슴은 나의 유일한 안식처입니다.

이제 그만둘까요… 어른이 되는 일 말입니다

세월이 많이 흘렀습니다. 세월은 그냥 흐르지 않고 세상을 황폐시키고 나를 어른 같지 않은 어른으로 만들어 어머니와 나를 갈라놓은 채 흘러가 버렸습니다. 자운영꽃이 붉게 피는 봄에도, 어지러운 밤꽃이 산천을 뒤흔들어도 어머니는 적막을 견디며 사셨습니다.

어렸을 적 어머니의 밥상 위에는 양푼에 가득 담긴 감자가 하얀 분을 묻혀 올려져 있었습니다. 어머니에게 감자는 다섯

명이나 되는 어린것들의 생명을 이어주는 젖줄이었습니다. 겨울이 되고 매서운 밤바람이 문풍지를 흔들 때쯤이면, 뒤 뜰 처마 밑 항아리 속 감자의 양은 줄어들고 그 자리에 바람과 눈과 어머니의 고통과 손길로 엮어진 시래기가 어린것들의 생명을 이어주는 젖줄이 됩니다. 어머니는 바람과 눈물과 정성으로 우리를 키우셨습니다.

가장 아름다운 사람은 아름답게 꾸민 사람이 아니라 있는 그대로의 모습을 보여주는 사람입니다. 자연이 아름다운 것은 있는 그대로의 모습을 있는 그대로 드러내며 서로 마주보기 때문입니다. 저는 어머니를 생각하면 바람결에 흔들리는 꽃이 떠 오릅니다. 어머니는 마주 보고 피어나는 달맞이꽃 같은 분이셨습니다.

어머니의 화단에는 언제나 꽃이 피었습니다. 치자꽃과 라일락, 채송화와 작약, 마음을 설레게 하는 오얏꽃, 아련한 부추꽃, 과꽃, 금잔화와 데이지도 피어 있었습니다. 꽃은 바라보기에 따라서 연약해 보입니다. 비바람이라도 불면 제 몸을 스스로 지탱하기도 어렵습니다.

그런데 연약하게 보일 뿐 꽃은 결코 연약하지 않습니다. 꽃에게는 스스로를 낮추는 겸손함이 있습니다. 겉으로 보기에 유순하고 겸손한 꽃들은 어떤 공격적 자세를 엿볼 수 없기에 아무런 힘도 보이지 않지만 보이지 않는 강함이 숨어있습니다. 꽃을 닮은 어머니의 겸손은 여유롭고 풍요로운 마음에서 나타나는 힘이 숨어 있습니다. 어머니는 언제나 있는 그대로 당신의 화단 같은 모습으로 우리를 기르셨습니다.

핏줄 같은 세상을 들여다보기는 부족합니다

자연은 평화입니다. 평화에는 어떤 집착도 미움도 없습니다. 자연은 아침이면 태양을 향해 얼굴을 들고 저녁이면 노란 잎의 황홀한 적막을 맞이합니다. 오늘이 지나간 만큼 자라고 물들어 갈 뿐입니다.

하지만 인간은 다릅니다. 대부분의 사람들은 머리만 뛰어난 어른으로 성장하기를 원합니다. 자연 같은 것도, 평화 같은 것도, 가슴 같은 것도 중요하지 않고 아무래도 상관없습니다. 자연 속에서 가을은 자아를 드러내 놓고 무거움을 버리는 계절입니다. 가을은 자기만의 고유한 색깔과 모양과 향기를 만들어 놓는 계절입니다.

가을은 각각의 꽃들이, 나무들이, 각각의 생명들이 남이 가질 수 없는 자기만의 향기를 풍기며 자기만의 아름다움을 멋지게 표현합니다. 그래서 가을은 아름답고 쓸쓸하고 자신을 가다듬는 계절입니다. 그러나 사람은 다릅니다. 사람들의 심

리는 생각보다 복잡하고, 각양각색이라서 무어라 확실하게 규
정지을 수는 없지만 때론 정신을 놓아버릴 만큼 맹렬해지기
도 하고 때로는 자신을 다스릴 수 없게 만들기도 하다가 자신
을 사람 되게 하지 못하는 것에, 사람처럼 살지 못하게 하는
것을 스스로 깨닫고는 스스로 힘들어합니다.

그것은 인간의 욕망에서 시작되어 죽음 앞에 이르게 하는
과정입니다. 자기 존재가 온전히 하늘과 땅의 섭리에 동화되
어 있는 모습으로 살아가는 것, 그것만이 내가 오늘 혼자 감당
해야 할 것들이라는 생각에 가슴으로 살지 못하는 내가 부끄
러워 고개를 들 수 없습니다.

이제는 어머니 무릎에 누워 잠들고 싶습니다

우리는 자신으로부터 비롯된 선택을 할 때 진정한 자유를
얻을 수 있습니다. 타인이 좋다고 말하는 것이 아닌 내가 좋다
고 여기는 것을 추구하는 삶이 진정한 나의 삶입니다. 타인의
욕망에 부응하려면 자유는 자기 자신을 착취하고 희생해야만
합니다. 그렇게 의도하지 않고 얻어낸다고 하더라도 남는 것
은 타인의 욕망 속에 착취된 자신일 뿐입니다. 그렇기에 허무
감과 불안함을 느끼게 되고 결국엔 자기 자신의 자아마저 착
취당하게 됩니다.

세상은 삶을 위해 생명을 쓰는 것이 아니라 어둠의 영토이고 누군가에게 칭찬을 듣고 호감을 얻으려고 시간을 소비하는 어른들이 사는 곳입니다. 어른들은 스스로에 대하여 만족하지 못하고 성공이나 명성이라는 헛된 것을 얻으려고 비교하고 질투하며 싸웁니다. 설령 그것을 얻을 수 있다고 하더라도 누군가를 모욕하고 파괴하고 부수고 나서야만 이길 수 있습니다. 그것이 주는 처절하고 상처투성이의 아픔을 이겨내기엔 나는 너무 부족합니다.

그래서 가을은 언제나 저를 필요로 하지 않는 것 같습니다. 어른이 아닌 가슴을 가지고 살고 있는 사람들이 사는 나라로 들어가기 위해서는 어머니의 무릎이 필요합니다. 그래서 언제나 나는 어머니 무릎에 누워 잠이 들고 싶습니다.

생존의 법칙

—

태어나기 전
아버지가 마신 소주
어머니가 먹은 산나물
바닷물, 진흙, 아담의 뼈

수십억 정자 중에서
나는 솟아올랐다
뻐꾸기 탁란 새끼
하늘의 떠돌이로 살아남아

베드로의 이른 비가
목마른 꽃에 내릴 때
잔치는 열린다
자궁을 탈출한 자들만의

예수의 늦은 비는 기다린다
땅을 흔드는 자를 위해
그 목마름은 풀릴까?

요나는 나를
고래의 재갈 속에 던졌다

만약 지금처럼 살아 남는다면
사랑은 사랑으로
그림자는 그림자로
인간은 인간으로
끝날 수 있는가?

　어느 날 나는 꿈속에서 나를 만났습니다. 그런데 나는 지금의 내 모습이 아닌 뜬금없이 우주의 기원부터 함께 돌에 박혀 있는 화석이었습니다. 어디인지 장소는 모르겠는데 회색빛 강이 흐르는 곳이었습니다.
　물속에서 동그란 조약돌들에 섞여서 검은 돌이 물길에 따라 굴러가고 있었습니다. 검은 돌은 구르다가 커다란 바위에 부딪쳤는데 검은 돌이 반으로 쪼개지면서 암모나이트처럼 돌 가운데 일그러진 내 얼굴이 새겨져 있었습니다. 어쩌면 내 몸 속에는 고생대, 중생대, 신생대의 삼엽충과 호두나무와 야자나무, 강낭콩이 정자가 되어 돌에 새겨지고 켜켜이 쌓여 있는 것인지도 모르겠다는 생각이 들었습니다.

내가 무엇으로 만들어진 것인가 궁금해졌습니다. 지금으로부터 5억 4000만 년 전부터 캄브리아기를 지나 데본기를 거쳐서 페름기에 하루살이로 태어났다가 크릴새우가 되고 다시 원시 노래기가 된 것이 나인지 모릅니다. 나는 모든 시대를 관통해 온 살아서 꿈틀거리는 화석입니다. 내 몸은 한때 쥐라기 공룡의 살갗이었으며 시조새의 날개였을지도 모릅니다.

또 민들레였고, 진달래였고, 시냇물이며 구름이었을 수도 있습니다. 내가 딛고 있는 지금 이 자리 흙덩이도 한때 누군가의 숨 쉬던 육체였을 것입니다. 이 넓고 커서 끝이 없는 하늘 가운데 어느 한 줌 생명의 허파를 통과하지 않은 게 있겠습니까. 어쩌면 흙 속에는 수천 년 내가 담고 있던 몸의 역사가 고스란히 담겨 있습니다.

나는 너 이며 너는 나이니 나와 너의 경계는 어디인가요. 나는 나 아닌 것들로 이루어져 있습니다. 이것은 몸의 부정이 아니라 얼마나 거대한 몸의 확장입니다. 내 몸의 바깥이 우주의 살갗과 일치되는 느낌이었습니다.

네가 아프면 나도 아프다… 당신은 나이기에

어느 가을날 햇볕 식은 바위에 내려앉아 헤진 날개를 팔랑거리던 나비 한 마리를 보았습니다. 아름다운 날들, 곤했던 평생을 접으러 온 것처럼 보였습니다. 저 나비의 몸도 한때 바위였던 적이 있었을 수 있을 거라는 생각이 들었습니다. 그렇다면 저 바위 또한 팔랑거리며 꽃그늘 사이를 날아다니던 적이 있었을지도 모릅니다. '나비 위에 갓 깬 바위가 앉아 쉬고 있는' 것일 수도 있겠다는 생각이 들었습니다.

나는 오래전부터 내가 왜 풀무치인지, 내가 왜 억새풀인지, 내가 왜 시냇물인지, 내가 왜 당신이며 내 마음이 왜 당신에게로 가 있는지, 그로 말미암아 '너에게로 가는 나의 길'이 '나에게로 오는 너의 길' 일 수 있다고 믿기도 했습니다. 그래서 누구든 무엇이든 우선 사랑하고 볼 일이라고 생각한 적이 있습니다.

화엄사상의 '나는 너다'라는 진리가 있습니다. 나 아닌 너라고 여겼던 모든 것들이 보이는 것 같았습니다. 불교의 핵심 진리인 '연기법(緣起法)'은 모든 존재들의 우주적 연대를 웅

변하고 있습니다. '이것이 있으므로 저것이 있고 이것이 생기므로 저것이 생긴다(此有故彼有 此起故彼起).' 세상의 모든 불화는 이 단순한 연대감을 잊는 데서 온다고 합니다. 나와 세계의 연관성을 까맣게 잊고, 무엇에게도 빚진 바 없다고 시치미 뚝 떼는 데서 비롯되는 것일 수 있습니다.

인간이 저지르는 모든 전쟁과 폭력과 광기는 자기 합리화에 매몰된 건망증에서 비롯된다고 해도 틀린 말이 아닐 것입니다. 생태 환경 문제만 봐도 그렇습니다. 산을 깎아내어 숲과 동물을 내쫓고, 강을 더럽혀 물고기들을 죽이고, 저 스스로 오염된 물과 매연을 들이마시는 사람들, 자신이 행하는 행동이 인간의 속성을 담보로 하는 인간적인 타락이라고 할지라도 끊임없이 제 발등을 찍으면서도 아픈 줄을 모릅니다.

나 아닌 너라고 여겼던 모든 것들을 끌어안는 것, 네가 아프면 나도 아프다고 느끼는 것, 너와 나 사이에 오가는 사랑과 통증의 신경 체계를 고스란히 되살리는 것, 그것이야말로 우리들이 잊지 말아야 할 절박한 과제가 되었습니다.

내가 이룬 사랑… 어딘가의 가슴에 존재할 것

나의 의지와 관계없이 태어난 세상이라 할지라도 체념과 비관에 빠지지 않고 목마른 나와는 달리 인간의 인간됨을 위한 인간적 조건을 충족함으로써 이 세상으로부터 놓여나는 것이 아니라 이 세상에 합해질 수 있는 진정한 해방을 맞이할 수 있습니다. 내가 가지고 있지 않은 것이 아니라 가지고 있는 것만으로 살아가려고 할 때 자신의 한계를 인정하게 되고 그 한계를 극복할 수 있는 나를 만날 수 있습니다. 하나의 고뇌는 또 다른 고뇌를 부르게 됩니다. 그 고뇌를 정면에서 바라봄으로써 자신의 모습이 그곳에 있음을 확인할 수 있습니다.

각 개인의 인간적인 삶의 의미가 각자에게는 보잘것 없이 사소한 일처럼 여겨진다 할지라도, 생명의 가능성이 완전히 전개되도록 하는 것에는 기여할 수 있을 것이라고 생각합니다. 인간으로 태어나서 인간답게 살다가 죽음으로 끝날 수 있다는 것은 뒤늦게 다른 원자와 분자의 결합체로 옮겨가는 것인지도 모르겠습니다. 그들 중 어느 것 하나 사라지거나 없어지는 것은 없습니다.

육체는 주어진 형체로 존재하기를 그만둘 뿐이고, 그러나 그 육체의 모든 구성 분자는 다른 형태로 바뀌어 어딘 가에 존재할 것입니다. 사랑도 사랑이 끝나면 기억으로 그리움으로 존재하듯이 그림자는 빛과 어둠의 존재로 숨어 있습니다. 죽음이 또 다른 하나의 생명으로 이행되는 것처럼 당신과 내가 이룬 사랑도 새로운 생명으로 어딘가의 가슴에 존재할 것이고 지나간 삶 가운데서 미처 마무리 짓지 못한 것을 이제 다가올 다른 생명에게 맡길 수 있을 것입니다. 그렇게 해서 이미 이쪽 세상에서부터 저쪽 세상으로 기꺼이 들어갈 수 있을 것입니다.

그것은 하나의 삶이 적어도 아름다운 삶이었다고 이름 불러도 될 듯합니다.

친구에게

어보게 자넨 아는가
내 진정한 슬픔의 의미를
싱치 못한 내 자유가
기쁠 수 없는 내 사랑이
바를 수 없는 내 걸음이
사랑할 수 없는 내 가슴이
서러운 것이 아닐 세

어보게 자넨 아는가
내 진정한 주정의 의미를
언어를 조작할 수 있는 내 입이
여인과 여자의 차이를 아는 내 사고가
어느 술 자석에서나
유행가를 부를 수 없는 내 성격이
나를
설운 동물이라 함일 세

　　타국 땅에서 가쁜 숨을 몰아쉬며 주인이 아닌 누군가에게 감시당하는 자로만 살아 온 지, 어언 이십여 년이 흘러가 버렸습니다. 그 시 간 동안 내가 제일 힘들었던 것은 주인이 아닌 것도, 감시를 당하고 있는 것도 아닙니다. 그것은 누군가에게 욕을 하지도, 듣지도 못하고 살았다는 것입니다. 그래서 가끔 혼자 산에 올라 야영을 하며 모닥불을 피워놓고 벌겋게 타오르는 불 속에 대고 실컷 욕을 하기도 하였습니다.

　　이 세상에서 욕을 할 수 있는 관계는 오직 친구만이 가능합니다. 심한 욕을 해도 마음이 상하지 않고 오히려 편안해지는 관계가 친구 관계입니다. 친구는 서로 사랑하기 때문에 가까이 있을 때 그에게서 마음을 받고 그로 하여금 영향을 받으며 내가 만들어집니다.

우정의 아름다움은 친밀함입니다. 친구란 내가 그에게서 아무것도 바라는 것이 없고 기대하는 것이 없는 사람, 그가 지금 모습 그대로 존재하기 때문에 그와 더불어 기꺼이 함께 있게 되는 그런 사람입니다. 그가 나를 좋아하고 내가 그를 좋아하며, 나는 그에게서 그는 내게서 이해를 얻고, 그에게는 내가 나에게는 그가 특권을 누리는 그런 한 사람으로 존재하는 사이입니다.

이 땅에서도 지연으로 학연으로 많은 인연을 만들며 살아갑니다. 그들은 나를 '친구야'라고 입으로 부릅니다. 때로는 너를 사랑한다거나. '사랑해서 그랬다'라는 말을 할 때도 있습니다. 그럴 때 나는 그가 누구를 사랑했고, 누구를 사랑하고 있다고 말하는 것인지 알 수가 없습니다. '사랑해서 그랬다'라는 낯간지러운 말을 비장하게 할 수 있는 누군가는 내가 아닌, 어쩌면 사랑의 대상이 자기 자신을 사랑하고 있는 것인지 모르겠습니다.

그럼에도 불구하고 사랑이라는 무구한 감정을 앞세우면서

그것을 타인에 대한 사랑이라는 일종의 도덕 감정과 신앙이
라는 종교적 언어로 포장함으로써 비난의 화살을 피해 가려
고 하는 것인지도 알 수 없습니다. 그 인연들이 말하는 포장되
고 절제된 말보다 가끔은 자연스러운 마음이 담긴 욕을 친구
에게 듣고 싶고 나도 친구에게 하고 싶습니다.

자넨 알고 있는가… 내 주정의 진정한 의미를

사랑을 한다는 것은 서로의 가슴으로 해야 합니다. '어린
왕자'는 "사랑한다는 것은 서로가 서로를 바라보는 것이 아니
라 같은 방향을 함께 바라보는 것이다"라고 했습니다. 사랑할
때는 모든 것을 다할 수 있을 것 같은 생각이 듭니다.

하지만 대부분의 사람들에게는 시간이 조금씩 흘러가면서
하나, 둘 장애물이 생겨나기 시작합니다. 처음에는 그 장애물
이 별것 아닌 것처럼 느껴지지만 시간이 지날수록 장애물은
점점 덩치를 키우며 우리를 무기력하게 하기도 합니다. 언제
나 그랬듯이 시간과 사랑은 반비례하면서 우리에게 돌진 합
니다.

모든 관계는 일종의 교환이라는 말이 있습니다. 사랑도 하
나의 관계라면 사랑 안에서도 어떤 교환이 이루어지고 있을
수 있을 것입니다. 인간은 누구나 부족함을 지니고 살아갑니

다. 그것이 외로움으로, 또는 고독으로 느껴지든 제 몫의 감정을 갖고 있는 것이 인간이고 또 그런 인간이 홀로 살아가기에는 너무나도 버거운 것이 바로 인생이라는 사실을 인정하지 않을 수 없습니다.

그러므로 사랑이란 궁극적으로 우리가 서로를 살아가게 하는 힘이라고 생각합니다. 사랑하기 위해서 사는 것이 아니라 살기 위해 사랑해야 한다는 생각이 드는 이유입니다.

슬픔을 공감할 수 없으면 사랑을 할 수 없다

사랑이 지닌 속성 중에는 이별도 포함되어 있는 것 같습니다. 내가 사라져야 완성되는 사랑은 슬픔 그 자체입니다. 또한 사랑이 불가능한 일이기 이전에 가슴 아픈 일이 아닐 수 없습니다. 내가 사랑하는 당신과 언젠가는 이별이라는 아픔을 진정으로 감당해야 한다는 사실을 인정하는 일이 어찌 슬프지 않을 수 있을까요.

나를 사랑하지 않는 당신에게 수치심과 함께 섭섭함을 가질 수 있겠지만, 먼저 느끼는 분노를 스스로 포기함으로써 완성되는 숭고한 사랑을 이해하기도 하고 실천하기도 하여 적어도 저 슬픔에 공감할 수 있을 것입니다. 슬프지 않은 자는 사랑할 수 없기 때문인 이유입니다.

사랑받는 사람이 되는 가장 정확한 방법은 사랑을 받을 만한 사람이 되는 것입니다. 하지만 그것이 정확한 길이기는 하지만 쉽고 빠르게 다가갈 수 있는 길은 아닙니다. 그래도 사랑은 관계 속에서 변할 수 있기에 너와 내가 함께 함으로써 너가 좋아하는 아이스크림을 나도 좋아하게 되고 내가 좋아하는 야구를 너도 좋아하여 둘이 야구장에 가서 아이스크림을 함께 먹는 상상을 해 봅니다.

'어린 왕자'에서 여우는 '관계를 맺는다는 것은 서로를 길들이는 일'이라고 말합니다. "사람들은 이제 시간이 없어서 아무것도 알지 못하게 되었어. 상점에 가서 다 만들어진 물건을 사는 거야. 하지만 친구를 파는 상점은 없으니까 사람들은 이제 친구가 없어."

친구나 사랑은 팔고 사는 것이 아닙니다. 내 삶의 목표가 지평선 위에 떠 있는 뜬구름 같은 것이라고 해도 나는 당신을 사랑할 수밖에 없습니다. 나는 사랑을 위해 조심스럽게 앞으로 걸어갈 것입니다. 지금 내딛는 한 걸음만이 나를 그 사랑의 목적에 가깝게 한다는 사실을 알기 때문입니다. 그래서 나는 오늘도 언어를 조작하고 술취한 주정뱅이 흉내를 내며 이 황량한 거리에서 서성거립니다.

술 한잔 나누고… 말없이 헤어질 수 있으면

수없이 일탈을 꿈꾸었지만 꿈꿀수록 더 멀리 달아나는 게 현실이었습니다. 그럴 때마다 앞뒤 가리지 않고 도망치고 싶은 순간들이 나를 부추기고, 내가 남들과 다르다는 사실은 남들과 다르지 않으면 안 된다는 사실과는 또 다른 문제로 다가왔습니다.

내가 세상과 합해질 수 없고, 방황할 수밖에 없는 이유는 어떤 방법으로도 복구될 수 없는 완전한 상실을 의미하기 때문이기도 합니다. 복구될 수 없는 것일수록 복구에 대한 욕망은 끈질기기만 합니다. 인간의 욕망이란 눈으로 볼 수 없는 것조차도 몸의 감각이나 정신을 통해서 생생하게 느끼고 상상력을 발휘하게 합니다.

회색빛 하늘 사이로 석양의 붉은 빛이 언뜻 나타났습니다. 그 빛 속에서 이미 오래되어 잊힌 시간의 흔적과 같은 것들이 어렴풋이 형상을 보여주다가 홀연히 사라져 갔습니다. 저 태양도, 인간인 나도 참 많이 저물었습니다. 기웃기웃 죽음의 문턱에서 서성이지만 돌이켜 보면 방황하고 흔들렸던 시간 속에서 세상과 합해질 수 없는 언어 없는 인간으로 살아온 아픔이었습니다. 그럴 때 술을 마셨고 설움을 마셨습니다.

인간이 윤회하는 세계가 저 하늘의 구름같이 덧없는 것인가 봅니다. 한 줄기 흙 바람이 일고 코스모스가 물결치며 휘청거렸습니다. 그 부드러운 꽃 물결 사이로 엉킨 물체가 나타났다 사라져 버렸습니다. 가을 들녘에 그리움이 풍성합니다. 풍경에 취해 낙엽인 줄 알고 밟은 무심한 발길이 그 속에 숨어있던 돌부리에 걸려 넘어질 듯 휘청였습니다. 행여 누군가에게 술에 취한 듯 보일까 봐 쑥스럽게 붉은 낙엽을 집어 들고 공연히 딴청을 부립니다.

아! 이 고마운 가을날 함께 한잔 술 나누고 한 두 시간쯤 아무 말 없이 앉아있다 헤어지는 그런 친구가 그립습니다.

나의 땅에서

비가 내렸습니다

나의 땅 위에

당신이라는 작은 씨앗을 심었습니다

봄이 왔고

나라는 황폐한 공간 속에서

새로운 질서가 피어났고

꽃이라는 이름으로 당신은

빛으로 터졌습니다

당신이라는 사랑이

그리고 나와 함께

　처음엔 '톡 톡'하고 유리창을 치더니 잠시 멍하니 잊고 있
는 사이에 하염없이 창문을 타고 빗물이 흘러내리고 있었습
니다. 빗물을 바라보며 하염없다는 말은 이럴 때 쓰는 것이라
는 생각이 들었습니다. 빗줄기는 창문 밖 나뭇가지에 붙어 있

는 묵은 때를 불리며 아픔을 지워 버리는 과정에도 바람에 흔들리는 연두색 잎눈들이 겨울을 이기고 돌아오고 있었습니다. 비바람과 눈보라, 모진 추위와 험한 날들을 꿋꿋하게 이겨낸 것들만이 피어날 수 있는 환희를 보여주고 있었습니다. 이기고 돌아오는 것은 연두색 이파리만이 아닙니다. 당신을 향한 나의 사랑 또한 포함되어 있습니다.

당신이라는 땅 위에⋯ 이제야 심은 작은 씨앗

지금 누군가가 그리워지는 건 행복한 일입니다. 우리가 누군가를 사무치게 그리워한다는 것, 그것은 설렘이며 눈물겨움입니다. 창문을 두드리는 빗방울은 당신을 향한 나의 욕구이고 하염없이 내리는 빗줄기가 그리워하는 나의 숨결이 당신이라는 기억의 땅에 부딪히는 사랑의 징표입니다. 그리워하면 할수록 그리운 사람의 얼굴이 내 게로 다가오고 내 가슴에 기댄 당신이라는 땅에 작은 씨앗을 심었습니다.

내 삶의 목표가 지평선 위의 뜬구름 같은 것이라고 해도 나는 조심스럽게 당신에게로 걸어 나갈 것입니다. 지금 내딛는 한 걸음만이 나를 당신에게 향하도록 한다는 것을 알고 있기 때문입니다. 지금이 과거의 결과라고 한다면 미래는 지금의 결과입니다. 현재 내 앞에 일어나고 있는 모든 일들은 앞으로 일어나게 될 필연적인 모든 것들과 서로 관계를 맺고 연결되어 있습니다. 지나온 시간에 대한 아쉬움과 미련은 그런 이유로 내 자신에 대하여 원망이나 불만을 가지고 그 모습에서 나 자신을 옥죄겠지만 적어도 지금 이대로의 상황에서는 달라져야 합니다.

인생이라는 꽃을 피우는데 괴로움과 고통은 인생을 건강하게 가꾸는 자양분이 된다고 하지만 당신을 향한 새순을 돋게 하고, 꽃을 피우려면 그것을 관조하는 태도까지 깨어나야 합니다. 마음이 이리저리 흔들려 버리면 꽃도 피우기 전에 감정의 파도에 휩쓸려 갈 수밖에 없기 때문입니다.

같은 물이라고 할지라도 과정이 다르게 흘러온 물의 색깔이 서로 다릅니다. 빙하를 타고 흘러온 물과 바위틈에 부딪히고 낙엽과 바람을 묻히며 흐른 물의 색깔이 다릅니다. 모든 것은 살아온 방법대로 자신만의 색깔을 지니고 있습니다. 산과 바다는 산과 바다의 색깔을 내는 것이고 꽃은 꽃으로 노을은 노을로, 그리고 당신은 당신의 색깔을 피워 냅니다. 자연은 자연대로 인간은 인간대로 고통과 아픔을 딛고 자기의 색깔로 입혀져 꽃을 피웁니다.

사랑도 고통이 없는 사랑은 없습니다. 고통이 없는 사랑은 그 자체로 사랑이 아닙니다. 고통은 다른 의미를 찾는 순간 고통이 아닌 알 수 없는 다른 무엇으로 나타나고 누군가에게는 사랑으로, 감사와 희열로 새겨지기도 하고 행복으로 나타나기도 할 것입니다.

내가 좋아해야 아름답게 보이는 세상의 이치

자신의 행동으로 인한 예상치 못한 결과가 만들어지거나 그 결과에 대해 충분히 책임질 수 없는 상황일 때, 그래서 외부로부터 우려와 비난의 목소리를 피할 수 없을 때 우리는 '재수가 없어서 그랬습니다'라는 말을 씁니다. 자신이 세상으로부터 버림받은 것을 내 행동의 결과물로 인정하기보다는 나 아닌 무언가에게 책임을 전가해 버립니다.

사랑도 그렇습니다. 내가 사랑하는 당신이 나와의 사랑에 대해 아픔이 있다면 그 사실을 인정하기보다는 수치와 분노를 느끼며 그 사랑을 포기하고자 할 때 사랑은 완성되지 못하고 잠들고 있는 숭고한 사랑을 이해하려 하지도, 실천하려 하지도 않습니다. 이해와 용서의 문제를 생각하기 전에, 적어도 그 슬픔에 공감하여야 함은 물론이고 사랑이라는 땅 위에서 깨어나야 합니다.

슬프지 않는 자는 사랑할 수 없기 때문입니다. 사랑받는 일보다 중요한 것은 자유로워지는 것입니다. 우리는 상대방이 달라져서 나의 기분이 좋아지기를 원합니다. 그러나 상대가 달라지기를 바라기 전에 필요한 것은 나 자신이 달라져야 합니다. 세상이 옳기 때문에 내가 좋은 것이 아니라 내가 좋기 때문에 세상이 좋게 보이는 것과 같은 이치입니다.

방황 1

—

세월의 온도조차 모른 채
흐르는 시간 속을 걷는다
바람보다 낮은 온도로 숨 쉬며
끝내 이 세상에 속하지 못한 채

돌아본 들
내가 설 자리는 없기에
취한 듯 어지러운 세상 끝을
흘낏 바라볼 뿐

앞뒤로 헤매어도
꿈은 늘 바깥에서 흔들리고
귓속보다 더 깊은 밤은
가도 가도 나를 삼킨다

결국은
하나였던 고통을 쪼개며

외출했다가 집으로 돌아오는 길에 하늘의 심상치 않은 기운을 느꼈습니다. 붉어 있던 서쪽 하늘이 검은 물감을 풀어 놓은 듯 내가 달리는 방향으로 속도만큼 번져오고 있었습니다. 집에 도착하기 한참 전에 후드득 떨어지는 빗방울은 겨울비치고는 제법 거칠게 쏟아졌습니다.

나는 자동차의 앞 유리에 떨어졌다가 와이퍼에 쓸려지는 빗줄기를 가슴으로 적시고 있었습니다. 차디찬 비 냄새가 와

락 다가왔습니다. 산모퉁이를 돌아설 쯤에는 진눈깨비로 변해서 유리창 위에 동그란 모양을 만들며 나를 향해 겁 없이 달려들고 있었습니다. 핸들을 잡은 손이 무거워지고 왠지 모를 두려움과 함께 '내가 원하던 모습은 이게 아니었어'를 외치며 지구의 중력 밖으로 팅겨 나가고 있는 듯한 몸의 변화가 느껴졌습니다. 내 몸은 공중에 떠있고 한 팔은 녹록지 않은 세상에, 다른 한 팔은 꿈 가득한 다른 방향을 향해 나아가려고 허우적대고 있는 듯 느껴졌습니다.

젊은 시절에는 나이를 먹으면 모든 방황이 당연하게 내게서 사라지고 내가 상상했던 것처럼 모든 불안정한 것들이 제자리를 찾아 걱정과 아픔 같은 쓸모없고 불필요한 감정들은 스스로 다스릴 수 있을 것이라는 믿음이 있었습니다. 그러나 그것은 부질없고 무책임한 생각이었습니다. 스무 살에는 스무 살만의 방황이 있었고 서른 살에는 서른 살만의 아픔이, 마흔 살, 쉰 살 그때마다 불안과 고통은 주위를 감싸고 호시탐탐 나를 주시하고 있었습니다.

호락호락하지 않은 세상… 적응하며 살아남기

대개 사람들은 너무 늦게 자신의 행동이 얼마나 부질없는 짓이었는가를 깨닫게 됩니다. 찬란하고 영롱한 색채로 유혹하는 다이아몬드를 손에 넣기 위하여 기를 쓰고 세상 속으로 뛰어들지만, 불 속에 뛰어들어 타버린 나방의 날개처럼 날지 못할 만큼 상처를 입고 그제야 잘못 들어왔다고 후회합니다.

하지만 이미 상처투성이의 날개를 다시 살리기엔 세상은 그리 호락호락하지 않았습니다. 할 수 없이 역겹고 더럽지만, 자신이 들어온 땅을 결국 떠나지 못하고 어쩔 수 없이 적응하며 살아보려고 애를 씁니다. 내가 꿈꾸는 저 세계 속에 황량하게 홀로 던져질 것이 두려워 이 역겹고 더러운 땅에서 살아남기 위해서 그래도 이곳이 내가 살 곳이라고 억지를 부리며 허망하게 적응하며 살게 됩니다.

하고 싶은 것만 하기에도 짧은 인생. 나는 언제까지 내 욕망을 뒤로하고 타인의 욕망을 쫓아서 욕망하고, 타인의 행복으로 나의 행복을 대신하고 타인의 기대치에 부응해서 살아가기 위해 안간힘을 쓰고 있어야 되는 것인지 알고 싶습니다.

귓속보다 더 깊은 밤은 끝없이 나를 삼킨다

그러다 다시 내 자신의 삶으로 돌아가 제 몫의 행동을 하려고 애쓰며 발버둥 칩니다. 하지만 다이아몬드의 황홀한 색채에 물든 눈동자의 대가로 또다시 제 삶을 몽땅 내어 주고 내 몸에 맞지 않은 분장을 하고 어울리지 않은 색깔의 옷을 입고 이국의 가면무도회에서 주인공이 아닌 지나 가는 행인1로 살아갑니다. 발목을 자르지 않으면 절대로 벗겨지지 않은 신발을 신고 염산으로 닦아내지 않으면 절대로 지워지지 않은 분장을 한 얼굴로 춤을 추고 길거리를 배회해야 합니다.

시간이 지나고 나이를 먹어가면서 삶에 대한 시각은 근본을 숨긴 채 아주 조금씩 달라집니다. 내 삶은 어떻게 될까? 나는 무엇을 이루고 싶어 했고, 그것을 위해 무엇을 할 수 있을까? 오랫동안 이렇게 미래를 향했던 삶이, 앞으로 열려 있고 미래에 열중했던 삶이 차츰차츰 회고적인 삶으로 변해가는 것을 느낄 수 있게 됩니다. 앞쪽은 점점 더 좁아지고, 결과적으로는 마음이 과거로 돌려지며 나의 삶이 어떻게 흘러왔던가? 지금까지 내가 무엇을 했으며 무엇을 이루었는가 하고 묻게 되는 것입니다.

인간이라면 누구나 자신이 가진 시각과 분리돼 존재할 수 없으며, 각자의 삶의 정황과 노동환경, 경험과 인간관계로부터 영향을 받게 되어 있습니다. 내 삶의 한계를 인정하며 자신이 만들어 놓은 자신의 영역에서 자기가 바라는 것을 한다는 것, 자기가 좋아하는 꽃을 기르는 것, 자기가 좋아하는 옷을 입고 자기만의 화장을 하고 자신이 원하는 것으로 자신의 모든 시간을 채우는 삶, 그것만이 내가 지켜낼 수 있는 행복이고 희망입니다.

끝내 방황을 노래하는 어두운 세계의 자장가

"물에 빠진 사람에게 헤엄을 잘 치고 못치고가 문제겠소? 우선 헤어 나오는 게 중요하지. 그렇지 않으면 빠져 죽어요."《달과 6펜스》의 찰스 스트릭랜드는 그렇게 이야기합니다. 누군가에게 보여주기 위한 삶이 아닌 자신이 원하는 것으로 자신의 모든 시간을 채우는 삶, 그것만이 그가 원한 전부였습니다.

삶은 언젠가 죽음이라는 마지막 순간이 올 것은 확실합니다. 그 마지막 순간이 어떻게 보일지가 불확실할 뿐입니다. 가끔은 필요 이상 가까이 다가오기도 합니다. 내 삶을 마감하는 일이 어디서 어떻게 일어날지 알 수 없지만, 설령 알 수 있다 하더라도 죽음에 대한 공포를 떨쳐버릴 수는 없습니다. 인식이 있다는 것은 살아있다는 확실한 증표입니다. 집에 돌아오면 그제서야 그것이 느껴지며 그래도 생명을 가지고 살아가고 있다는 것에 감사하자고 마음을 잡아 보지만 다짐과 달리 도무지 나 같지 않은 나와 마주하며 영원히 떠나가는 하루 속에 어제처럼 오늘이 떠나감이 슬퍼집니다.

슬픔속에서 나라는 감각을 잃어버린 채 어둠 속에서 헤매다 잠이 들면 세상의 끝자락에 매달린 꿈을 꿉니다. 그 끝자락에서 나의 실체를 만나 헤진 날개를 접고 손을 포갭니다. 어느새 눈가에 슬픔이 맺혀 있습니다.

제**2**부

Allegro

노을을 품다

—

베이브릿지를 지나

오십 번 도로를 따라가다

하늘 끝에 펼쳐진 검은 구름을 쫓는다

피보다 진한 석양을 짓누르고

서로를 인정치 않으려는

낮과 밤의 사이가 너무 혼란하다

오늘은 오십 마일로 달리며

조심스레 하늘을 들여다보기로 했다

하늘 속엔 칼이 살아 움직이고

구름을 자르고 바람을 날려

붉은 석양을 만들고 있었다

어디를 가도 삶은 아픔 투성이인데

아무것도 보지 못할 무능이

이제는 비겁해져서

차라리 미워하고 증오했던 기억들을

하나씩 석양 속애 불태우고 싶다

새벽, 집을 나서며 일터가 있는 동쪽을 향하여 가다 보면 검은색 세상을 지우며 붉은색으로 번지는 아침노을을 만나게 됩니다. 아침노을은 아내가 시집올 때 해온 이불처럼 곱습니다. 처음엔 옅고 묽은 분홍을 만들어서 내 마음을 설레게 합니다.

하지만 설레는 마음도 잠깐, 태양이 붉은 광채를 만들며 머리를 쳐들면서 솟아오릅니다. 잠시 후, 붉은 노을은 노란빛으로 긴장을 풀고 서서히 카멜레온의 변색같이 원래의 무색으로 부서지며 흔적 없이 사라져 버립니다. 하루를 알리는 시작이고 희망의 출발입니다.

지금 나는 미국의 동부 메릴랜드의 아침노을을 보고 있지만 같은 시각 지구의 반대편 고국의 저녁노을은 어머님의 마음에도 보고픈 자식에 대한 그리움과 함께 붉게 물들고 있을 것입니다. 집을 떠나 일터에 도착하면 붉게 타오르던 아침노을의 기억은 사라지고 태양의 눈 부신 빛이 세상을 환하게 밝히며 이제 하루가 시작되었으니 열심히 일하라고 명령합니다. 그 명령에 따라 애쓰고 힘쓰고 노력하며 하루를 만들어 갑니다.

수염을 멋지게 기른 존의 바지를 빨고, 언제나 카우보이모자를 쓰고 다니는 제임스의 재킷 다림질을 하고, 웃는 모습이 예쁜 에밀리의 드레스 재봉질을 하면서, 어색한 발음으로 영어를 하고 햄버거를 먹고 속옷이 땀에 젖어 퀴퀴한 냄새를 풍기며 하루 열두 시간, 그렇게 힘든 하루를 보내고 저녁이 되면 몸과 마음은 온통 상처투성이가 됩니다. 오늘도 노력한 만큼의 물질을 양손에 들고 집으로 향하지만, 가슴 한쪽 어딘가의 핏빛으로 멍든 상처에는 낮에 흘린 땀에서 소금물이 배어 나와 아픔 속으로 스며들었습니다.

집으로 돌아가는 길은 아침에 나갔던 그 길의 반대편으로 오게 됩니다. 어둠이 수채화의 물감처럼 번져오며, 보이는 모든 것을 하나씩 덮어가고 있습니다. 저녁노을은 부서졌던 해를 다시 뭉치고 엷어졌던 색깔을 다시 붉게 만들어 힘들었던 하루와 이별을 준비합니다.

욕망을 키우며 하늘 속엔 칼이 살아 움직이고

저녁노을은 항상 다르게 비칩니다. 오늘 하루를 어떤 모양으로 살았는가에 따라서 전혀 다른 감흥으로 다가옵니다. 펄벅은 한국의 노을을 "하루 일을 마치고 저문 강에 삽을 씻고 지게에 짐을 업힌 채 소달구지에 타지 않고 동구 밖 언덕 위를 타박타박 걸어가는 농부의 마음이 노을과 어우러지는 삶의 완경을 이루는 색조"라고 했습니다. 힘든 하루의 노동 끝에 수고한 가족을 위해 불을 피워 여물을 끓이고 소박한 저녁을 준비하는 아낙의 뒷모습 위로 타고 오르는 연기와 함께 어우러집니다.

노을은 바라보는 장소에 따라 또 다른 감흥을 불러일으키게 됩니다. 작년 가을 십 년 만에 고국 방문을 하며 찾은 지리산 벽소령과 장터목 중간 세석평전에서 바라보는 노을은 황홀을 넘어서 외로운 사람에겐 울음을 만들어 주었습니다. 북쪽 끝에서 남쪽 끝으로 백두대간의 띠를 하늘에 매달아 놓고 그 끈을 자르듯이 아직은 살아있는 해가 꼬리를 감출 때, 산과 하늘의 경계는 나무의 형상대로 실루엣을 만들고 구름의 방해를 피해 넘어가던 노을은 바람의 명령대로 붉은색 겉감에 검정색 안감의 치마를 입고 왈츠를 추고 있었습니다.

노을은 잠시 숨을 고른 후, 빛의 광합성을 일으키며 내 눈의 망막을 피 색깔로 물들입니다. 나는 정신을 놓고 어머니 품속 같은 지리산과 나의 일체감에 흠뻑 빠져서, 눈을 감고 그 자리에 한참을 서 있었습니다.

오십이라는 적지 않은 나이에 고국을 떠나 이국에서의 하루하루 지나온 시간마다 발자국이 생기고 세상의 변화와 성장에 숨죽이며 서툰 언어로 주인이 아닌 누군가의 보조자로 웅크린 짐승처럼 숨죽이며 눈을 감고 살았습니다.

오늘은 산이 아닌 체세피크 베이로 발걸음을 옮겼습니다. 한참을 달리다 억지로 눈을 돌려 숨을 고르니 하늘을 파던 노을이 대서양의 물결 속에 내 그림자를 만들어 욕망을 키우며 넘실대고 있었습니다. 그제야 비로소 나는 욕망의 뒤안길에서 뒷걸음질하며 그 속으로 자신을 묻어버릴 수 있었습니다. 서서히 발끝으로 스며드는 어스름을 노을이 끌어당기고 나도 그 속으로 들어가 품에 안겼습니다.

길이 끝난다는 표지판 앞에도 길은 이어지고

길 위에서 바라보는 비가 갠 뒤 다가온 저녁노을은 또 다른 느낌으로 다가옵니다. 육십 마일로 달리라는 표지판을 무시하고 오늘은 오십 마일로 달리기로 마음먹었습니다. 두 개의 협곡이 만나 하나로 합쳐지는 물길 위로 귀가를 서두르는 배고픈 자들이 탄 긴 자동차 행렬이 이어지며 뒷쪽에서 바라보는 붉은 불빛은 말갛게 씻긴 하늘을 품은 넉넉함으로 해를 배웅하는 이별의 손짓이 됩니다.

비 온 뒤에 저녁노을이 더 붉은 것은 비로 인해서 공기 중에 있는 무수한 입자들이 많이 없어졌기 때문입니다. 해가 저물면 세상에 존재하는 모든 것은 어둠 속으로 돌아갑니다. 하루를 소진한 사물들이 곧 어둠 속으로 사라진다는 절박함도 있겠지만 경이로운 시간이 떠난 뒤에 찾아오는 안온함 때문인지도 모르겠습니다.

그때 노을의 잔광을 안고 별들이 꽃을 피울 준비를 합니다. 이때쯤이면 황홀하고 찬연한 시간이 떠난 자리에서 은은히 번지는 무욕의 마음이 연민으로 다가옵니다. 예수께서 제자 세 명을 데리고 감람산 겟세마네 동산에 올라 기도를 드릴 때 노을이 있었다면 저랬을까? 석가모니께서 보리수나무 아래에서 깨달음을 향하여 정진할 때 노을을 보셨으면 저랬을까? 세상의 어느 유명 화가가 저런 빛깔로 채색할 수 있을까?

서쪽 하늘을 주홍 노을로 물들여 놓고 반대편 하늘로부터 엷은 색으로 고개를 숙이다가 별빛의 축복을 받으며 산등성이 너머로 가웃 없이 사위어 갑니다. 그렇게 사위어 가는 석양을 바라볼 때가 나는 가장 좋습니다. 하루를 보내고 삶의 행로를 묵상할 수 있기 때문입니다. 인생도 그렇습니다. 사위어져 가는 황혼의 나이에서 지나온 삶의 여정을 돌아볼 수 있는 것은 행복이기 때문입니다.

붉은 하늘엔 새가 날지 않고… 님이 날지 않고

어린 시절에는 어른이 되면 모든 방황이 당연히 사라질 줄 알았습니다. 내가 상상했던 모든 불안정한 것들이 제자리를 찾아 평화로운 나날 일 줄 알았습니다. 가끔 나 자신에게 속삭일 때가 있습니다. 누군가의 말처럼 인생은 모든 잎이 꽃이 피는 가을처럼 두 번째의 봄임을 잊지 말자고.

울어도 좋고 서러워해도 좋고 아파해도 좋지만, 희망이라는 절실한 다짐을 언제나 가슴 깊이 각인하라고, 속고 속아도 그냥 속은 체로 그렇게 살아보자고. 또한 삶의 장소가 한국이든 미국이든 그것들은 죽음의 문턱 앞에서 마저 나를 기다리고 있을 것이라는 사실을 기억하자고. 그래서 다행입니다. 저 노을 속에 나를 묻고 두 손바닥으로 툭툭 털고 일어나 먼 산을 올려다보면 노을은 나를 돌아가고 싶은 곳으로 안내합니다. 프로이트의 꿈이 무의식 속에 나타난 소망의 고리들이라면,

노을은 어둠과 소멸의 전조를 알려 줍니다.

그래서 노을의 시간은 가끔 마음으로 흐르기도 합니다, 과거는 그리움으로 연결되고 이 그리움의 생각이 깊어질수록 나와의 거리도 좁혀져 갑니다. 그리움이 지극하면 환영으로 돌아옵니다. 누군가를 생각하고 기억하려 하면 그 사람의 모습 빛깔로 보여주고, 고향의 하늘을 생각하면 고향의 색깔로 나를 돌아가게 합니다. 그래서 노을의 시간은 종종 과거의 시간으로 흘러갑니다. 흑과 백이 섞여서 또 다른 색을 만들 듯이.

밤은 밤처럼 인생은 인생처럼 깊어만 간다

오늘도 노을이 집니다. 하루의 부피를 점점 소실점으로 만들어 가는 노을, 어쩌면 내 인생 행로도 저와 같을 것입니다. 아름다운 강산, 사랑하는 부모님과 이별하며 살아온 이민의 삶에서 나는 무엇을 얻었을까요? 노을 속에는 삶에 부대끼며 빛을 쫓던 집착의 하루도 한걸음 물러선 것 같습니다. 이 땅의 어설픈 이방인으로 살아온 내 발자국들을 들여다보며 미래에 펼쳐질 내가 걸어갈 길들을 가만히 만나고 느껴보고 있습니다. 때로는 나와 세상이 너무도 멀리 떨어져 있는 듯 아득함이 일어오는가 싶다 가도 문득 정신을 가다듬고 내 자리를 확인해 보기도 합니다.

메릴랜드에서도 오지에 속하는 이곳은 한국인이 아무도 없고 동양인도 거의 찾아볼 수 없는 지역적 특성에 때로는 몸서리쳐지도록 무섬증이 일기도 합니다. 그런 외로움과 소외감으로 하루하루를 살고 있는데, 정작 시간적 여유와 누려야 할 공간들은 더욱 좁혀져 있음을 봅니다.

용서하고 덮고 가라는 구름의 모습에서 노을의 마음이 이제야 읽힙니다. 나이를 먹어가며 아름답게 산다는 것은 나를 곱게 물들이고 세월과 함께 흩어진 마음을 모으고, 못다 이룬 꿈을 보듬어 욕심을 접는 것이라는 마음이 찾아옵니다. 그래서인지 몰라도 아침 출근길에 만나는 동녘 하늘을 붉게 물들인 떠오르는 태양의 노을도 눈물겹도록 멋있지만, 힘든 하루를 보내고 보람찬 하루를 정리하고 집으로 돌아오는 저녁, 서녘 하늘을 붉게 물들이는 노을을 가슴에 품고 싶습니다.

인생도 황혼의 삶이 더 붉게 타올라야 합니다. 마지막 숨을 거두기까지 오랜 세월 동행한 사람과 함께라면 더욱 그렇습니다. 그것이 손잡고 하늘로 올라가는 영혼이 될 것이라고 믿고 싶습니다. 밤이 밤처럼 깊어 가는 날 나는 당신이 그리워 울고 있습니다. 인생이 인생처럼 깊어 가는 날 나는 노을 속에 나를 묻고 울고 있습니다.

방황 2

흐르는 건 흘러간다

내가 너처럼

되돌아 흐른다 해도

차라리 내가 흐르는 게 낫지

그렇게 말하지 않아도

흐르고 막고 흐르고

하늘은 빛도 없고

평범하지 못한 나약한 굴레

그 속에 나는 살고

강도 살고

꿈이 강과 만나서

소용이 돌이 쳐도

흐르는 건 흘러간다

되돌아와 평화를 이루어도

되돌아와 새날을 맞이해도

산속에서 산의 모습을 볼 수 없듯이 인간 속에서 인간을 볼 수가 없습니다. 진실 속에도 진실을 볼 수 없습니다. 어차피 진실이란 내가 믿고 싶은 걸 말하는 것일 뿐입니다. 사람은 원래 유한한 존재입니다. 시간이 지나면 소멸하는 존재, 그래서 배부르고 등 따신 것에만 만족할 수 없습니다. 끊임없이 자신의 유한성을 넘어서고자 애쓰고 노력합니다.

내가 왜 이러고 사나, 어떻게 살아야 하나, 인생의 의미가 뭔가, 그런 걸 찾습니다. 그게 보편적 우리들 인간의 모습입니다. 하루만 해도 밤낮이 교대하고, 일 년이면 사계절이 교대합니다. 그게 무위하게 이루어지기에 '자연스럽다'고 말합니다. 자연에는 키 큰 나무도 있고, 키 작은 나무도 있습니다. 몸집이 큰 동물도 있고, 작은 동물도 있습니다. 지능이 우수한 동물도 있고, 지능이 낮은 동물도 있습니다. 이 전체가 하나의 조화를 이루는 걸 '자연스럽다'라고 말하나 봅니다. 그러한 현상을 무위자연이라고 한다고 합니다. 그런데 이걸 인위적으로 똑같이 평준화하면 문제가 생길 수밖에 없습니다.

자연 속을, 눈을 맑게 뜨고 가만히 들여다보면 나는 옳고 당신은 그르다며 무턱대고 주장하지 않습니다. 그런 식으로 자기 진영 이익만 추구하거나 개인의 이익만을 추구하지 않습니다. 오히려 자신의 진영보다 우리 공동체 전체의 이익과 조화를 중시합니다. 산에 오르다 보면 정상까지 갈 때 가장 빠르면서도 가장 힘들지 않은 길이 오솔길입니다.

직선으로 산에 오르면 가파르지만 거리는 단축됩니다. 하지만 얼마 오르지 않아 힘들어서 오를 수가 없습니다. 적당히 돌아가면서 적당한 속도로, 적당한 숨 가쁨으로 올라가는 길, 그렇게 올라야 멀리 높이 오를 수 있습니다. 오솔길은 억지로 만든 길이 아닙니다. 사람들이 자꾸 다니다 보니까 저절로 만들어진 길입니다. 그래서 가장 자연스럽고 이상적인 길입니다.

자연 속에는 자연만이 존재하고 욕심이나 억지는 존재하지 않습니다. 자연은 오늘도 자신을 알아주는 자에게만 보물을 허락합니다. 붉음을 머금은 하늘이 한지에 먹물이 번지듯 검게 퍼져 나갑니다. 어둠은 그리움을 만들고 그리움 속에는 잊힌 기억이 되살아납니다.

유유히 흐르던 강물의 줄기도 어둠이 삼켜버렸습니다. 순간 어둠 속에서 잃어버린 꿈만이라도 기억하고 싶었습니다.

내 꿈이 뭐더라…. 잃어버린 꿈, 하고 싶은 일을 미루고 해야 할 일만 하다 보니 내 꿈을 잃어버렸습니다. 잃어버린 내 꿈을 되찾기 위해서는, 해야 할 일을 하기 위해서 하고 싶은 일을 미루는 미련한 짓은 하지 말아야 합니다. 오늘 밤엔 잃어버린 꿈을 다시 꾸고 싶습니다.

흐르는 건 흘러간다… 그냥 내버려 두기에

인생의 파도는 우리가 잠자고 있을 때에도 쉬지 않고 끊임없이 칩니다. 이 파도를 넘어 어떻게 헤엄쳐 나갈 것인지, 아니면 심연의 고요함에 묻혀 있을 것인지는 전적으로 자신에게 달려 있습니다. 감정의 파고를 넘고 또 넘어야 할까, 아니면 멀리 떨어져 관망하는 태도를 가져야 할까?

인생이라는 꽃을 피우는 데는 괴로움과 고통이 자양분이 된다고 하지만 꽃을 피우려면 그것을 관조하는 태도까지 도달해야 합니다. 사랑도 마찬가지입니다. 마음이 이리저리 흔들리기만 하면 꽃을 피우기도 전에 감정의 파도에 휩쓸려 갈 수밖에 없기 때문입니다. 힘든 일이든 기쁜 일이든 어차피 흘러가는 것은 마찬가지입니다.

어느 땐, 나는 나의 인생이 바른길에서 벗어나 정반대의 길로 가고 있다는 생각이 들 때가 있습니다. 내가 원하는 것이 무엇인지 알기 위해서는 나 자신에 대한 관심이 우선시되어야 하는데 나는 나 자신을 그냥 흘러가는 대로 내버려 두기 때문입니다.

숨어있던 삶의 그림자가 우리를 변화시킬 때

일상에서 일어나고 있는 수많은 일들은 나와 어느 정도 관계되어 있는 것일까요. 혹시 나와는 그리 상관없는 사람과 일을 위해 그 소중한 시간을 사용하며 허비하고 있는 것일 수 있습니다. 지나가고 나면 다시는 돌아오지 않을 순간들을 아무런 의미 없는 일들로 보내고 있는 것은 아닌가요. 삶이란 수많은 선택의 연속입니다.

최선이라고 생각하여 선택한 것들이 좋은 결정일 수도 있지만 그렇지 않을 수도 있습니다. 선택하는 당시에는 삶이 어디로 흘러갈지 모른다 할지라도 선택은 과정과 결과에 매우 중요합니다. 선택한 이상 결과를 삶을 과거로 돌이킬 수 없습니다. 어떤 선택을 하건 지나가 버린 삶의 결과를 받아들여야 하는 것이 우리들 인생입니다. 삶은 순간의 집합체일 뿐, 그 순간이 어느 방향으로 흘러갈지는 아무도 알 수 없습니다.

평범한 일상이 계속되는 것은 어쩌면 커다란 축복일 수 있습니다. 전혀 알 수 없는 곳에 숨어 있던 삶의 그림자가 우리의 일상을 흔들고 변화시키기도 합니다. 우리가 할 수 있는 선택이 많은 것 같아도 어느 순간에는 선택할 수 있는 것이 하나도 없는 경우도 있습니다. 더 이상 아무것도 할 수 없다는 것을 알게 될 때 우리는 그제야 삶이 간절해지기도 합니다.

돌이킬 수 없을 때 하는 후회는 후회가 아닙니다. 기억의 우물 속으로 끊임없이 자신을 내동댕이치는 짓일 뿐입니다. 무심하고 어리석었던 시간은 아주 잘게 쪼개져 연속사진처럼 선명하게 재생될 뿐입니다. 그리고 그제서야 여기가 쯤이냐고, 아니면 어디서부터였냐고, 길이 나누어지기 시작한 그 지점을 가리켜 보라고 자기 자신에게 다그치는 것이 고작입니다.

내 꿈이 강처럼 흘러간다… 꿈을 잊고 싶다

인간의 나약한 마음은 우습게도 자신이 원하지 않는 쪽으로 한없이 흘러갑니다. 그리고 그러한 현상을 자신도 모르게 인정하고 익숙하게 살아갑니다. 그리고 이렇게 변명을 늘어놓습니다. 현실이라는 것이 내가 만드는 것이 아니고, 세상에는 숨겨진 이면이 존재하고, 지금 행하는 행동이 지금은 틀리지만, 과거에는 옳았던 것으로 남을 수 있고, 미래에도 옳은 것으로 남을 수 있다고….

슬픔도 기쁨도 한곳에 머무르지 않습니다. 슬픔은 슬픔대

로 상처와 고통을 만들었지만, 과거가 되고, 기쁨도 과거가 됩
니다. 공중을 날기 위해서는 바람을 타고 바람과 맞설 줄 알아
야 하는 것처럼 아픔도 날개를 달고 기억과 맞설 줄 알아야 합
니다.

흘러가는 구름을 봅니다. 잠깐 사이에도 쉼 없이 변화하여
새로운 모양을 만들어냅니다. 구름을 보며 버려진 내 꿈을 잊
고 싶습니다. 잊는다는 것은 따지지 않는다는 말이기 때문입
니다.

#무지
—

사랑이 죽음처럼 멀어지면

낙엽처럼 뒹굴던 가을이 가고

그 빈 자리에

슬그머니 당신이 다가옵니다

차라리

나는 죽음을 기다리고

오늘도

용서할 수 없는 모습으로

하루를 없음으로 날려 보냈지만

나는

아직도 몰랐습니다

삶이 단순히 먹고 사는 것만이 아니라는 것을

　삶은 우리 앞에서 쉼 없이 흘러갑니다. 그 속에서 삶에 대한 올바른 의식을 가지고 사는 일은 쉬운 일이 아닙니다. 그러함에도 아무것도 생각해 내지 못한 채 흐느적거리며 살아가기 일쑤입니다. 인간에게는 '초기설정'이라는 것이 있다고 합니다. 내면 깊숙이 자리 잡은 자기중심적인 본성과 자신이라는 렌즈로 만물을 보며 해석하도록 되어 있는 것이 그것을 증명한다고 합니다.

타인의 생각이나 감정은 특별히 노력하지 않으면 알기가 쉽지 않습니다. 반면 나 자신의 생각과 감정은 언제나 생생하고 절박하며 현실적입니다. 그래서 대체로 인간은 나를 중심에 놓고 세상을 해석하려는 경향이 있습니다. 마음이 불편하고 복잡하면 제대로 생각할 수도 없고, 생각하지 않으면 얻을 수 있는 것이 아무것도 없습니다. 사는 대로 생각하는 것이 아니라 생각하는 대로 산다는 말이 있듯이 아무 생각 없이 살다 보면 삶의 속도를 따라가기가 쉽지 않습니다.

때로는 행동이 마음을 따라가게 하는 게 아니라 마음이 행동을 따라가게 하는 것이 더 나을 수도 있습니다. 그렇게 하면 마음이 행동을 따라서 자기 스스로 발광하여 맑아지기도 합니다. 그렇게 맑아진 마음은 나에 대한 사랑과 이해함도 분명해질 수 있습니다.

빈자리에 슬그머니 찾아오는 당신의 그리움

한때는 가슴이 울렁거리고 보고 싶기도 하고 삶의 이유라고 여겼던 사람들, 이름만 들어도 따스한 느낌으로 다가오던 내 존재의 근원이 되기도 했던 사람들이 있습니다. 하지만 사람의 기억이란 그리 믿을 수 있는 것이 아닌 듯합니다. 세월이 가면 망각하게 되어 있습니다. 지나가는 시간만큼 당신은 멀어지고 또 다른 인연에 익숙해지며 길들여지게 되는 것 같습니다.

익숙하다는 것은 세월이 많이 흘렀다는 것을 의미합니다. 그 어떤 관계도 시간이 지나면 익숙해지는 단계가 찾아옵니다. 새로움은 시간이 지나면서 희미해지고 처음에 느꼈던 매력을 점점 잃어갑니다. 많은 시간이 지나서 쌓인 익숙해 짐은 새로움과 달리 시간이 지나도 오랫동안 지속됩니다. 또한 오랫동안 잊고 있어도 시간이 지나면 또다시 그리워지는 것은 슬그머니 찾아오는 오래된 당신입니다.

언제나 변함없이 내 곁에 있어 준 사람들보다 더 중요한 것은 없습니다. 그래서 당신이 소중합니다. 소중한 당신에게는 당연한 마음보다 감사한 마음을 가져야 합니다. 오랜 시간 내 곁을 지켜주고 품을 내준 가족과 친구들은 그 어떤 것보다 위로가 되는 소중한 존재들입니다.

몰랐습니다… 가늠하기조차 힘든 삶의 무게를

할 수 있는 게 아무것도 없다고 느껴질 때가 있습니다. 내가 원하는 것이 무엇인지도 모르고 그 무엇도 제대로 할 수 없으면서 그것을 인정하는 게 힘들 때도 있습니다. 그럴 때는 내가 어디에서 왔는지 어느 방향으로 가야 하는지 전혀 판단이 서지 않고 어두운 터널에 갇혀 무엇부터 시작해야 할지 알 수 없는 참담한 시간을 견딜 수밖에 없습니다.

과거의 내가 만들어 낸 현재였기에 누군가를 원망할 수도, 힘들다는 내색을 할 수도 없습니다. 나는 왜 나를 알아주지 않는 남에게 마음을 쓰면서 살았을까요. 상대가 나에게 원했던 것이 있는지, 아니면 내가 먼저 그렇게 살고자 했던 것인지조차 가늠하기 힘든 시간이었습니다.

돌이켜 보면 '나는 왜 살고 있고, 살아야 하는 것일까'라는 질문의 답을 얻기 위해서 할 수 있었던 유일한 일은 글을 쓰고 당신을 그리워하는 일이었습니다. 그 일만이 내가 머물 수 있는 최소한의 공간을 찾는 일이고 나를 이루고 있는 삶을 완전히 부정하고 먹고사는 것만이 인생이 아니라는 생각에서 벗어나 내 마음을 살리는 것을 인정할 수 있었습니다.

인간은 누구나 제 몫의 결여를 갖고 또 그런 인간이 홀로 살아가기에는 너무나 버거운 것이 인생이라는 사실 역시 인정하지 않을 수 없습니다. 인간은 의미를 잊고 살 수는 있어도 의미를 빼앗긴 채 살아갈 수는 없습니다. 다시 굴러서 떨어질 바위를 끝없이 밀어 올리는 시지프가 경험한 무의미하고 처절한 세속의 일이기 때문이기도 합니다.

피 흘리며 경험하고 깨달아도 또다시 똑같은 시행착오를 되풀이하는 것이 인간입니다. 어쩌면 삶은 반복 속에서 이루어지는 집합체인지도 모르겠습니다. 그러나 끝없이 밀어 올린 바위가 다시 아래로 굴러 내려간다고 해도 믿을 수 있는 건 바위를 밀어 올리는 지금의 나는 어제의 나보다 좀 더 나은 사람이라는 사실입니다. 분명히 내일은 오늘보다 조금은 더 좋아질 것입니다.

사이(間)

—

새해가 왔다고 합니다. 새해는 어디서 시작되는 것인지는 알 수 없지만 모두들 새해가 새롭게 왔다고 합니다. 어제는 헌 해이고 오늘은 새해인가 봅니다. 헌 해와 새해의 사이에는 찰나가 존재합니다. 새해가 왔으니 이제 새로워져야 한다고 말합니다. 새해가 왔으니 나도 새로워질 수 있을까 하는 걱정이 됩니다. 가만히 있으면 시간이 새해는 만들어 주겠지만 내가 새로워지려면 새로운 행동만이 나를 새롭게 만들 수 있을 것입니다.

새로움 이란 나의 밖에서 오는 것이 아니라 내 안에서 오는 것입니다. 그 새로움의 원천이 나의 마음속 나의 가슴에서 시작되는 것입니다. 분명한 것은 내가 바뀌지 않고서는 새해도 새날도 아무런 의미가 없다는 것입니다. 자기 주변의 환경은 자고 일어났다고 해서 바뀌지 않습니다. 자기 문제의 열쇠는 자기가 쥐고 있습니다. 어제는 오늘의 과거이고 오늘은 내일의 과거입니다. 오늘이 지나면 내일이 오늘이 됩니다.

우리는 나에게 무슨 문제가 생기면 흔히 밖을 바라봅니다. 우리는 과거를 기억하듯 미래를 기억해 낼 수는 없습니다. 어쩌면 육체의 눈이 아닌 정신의 눈으로 기억한다면 미래를 보고 기억할 수 있을지는 알 수 없습니다. 요즘 책들은 오른쪽에서 왼쪽으로 책장을 넘기지만 옛날 책처럼 왼쪽에서 오른쪽으로 넘기듯 미래에서 현재로 그리고 과거로 흐를 수는 없는 것일까요. 과거는 사라지고 현재만 여기에 있고 미래는 아직 오지 않은 것이 아니라 하나의 무언가가 폭발하여 사방으로 무한히 퍼져가는 것처럼 나비가 나이고 내가 나비일 수는 없는 것일까요.

어제와 오늘의 사이처럼 당신과 나 사이에 무엇이 존재하는 것일까요. 당신과 나 사이를 현재에서 과거로 넘기고 현재에서 미래로 넘길 수는 없는 것인가요. 그 사이에 비밀이 있습니다.

당신과 나 사이에 사이가 그 무엇이 있습니다

나는 가끔 시간을 이전과 다른 방식으로 계산하므로 말이 안 되는 일도 말이 되고 말이 되는 것도 말이 안 된다고 믿는 상상을 할 때가 있습니다. 그럴 땐 그 결과의 미래를 기억하는 방법을 찾아보려고 애를 씁니다. 이렇게 말하면 점쟁이나 예언자가 되겠다는 이야기 아니냐고 생각할 수 있지만 육체가 가진 눈이 있고 그 눈과는 차원이 다른 정신으로 바라보는 눈이 있어 미래를 보고 기억할 수도 있지 않을까 생각합니다.

나는 인생이 한 방향으로만, 그러니까 시계 바늘이 왼쪽에서 오른쪽으로 흘러서 현재에서 미래로 흐를 수 있을 것이란 생각을 벗어나 반대로 흐를 수도 있을 것이라는 생각을 품어봅니다. 어쩌면 시간은 인간의 언어로 측정 도구와 약속을 위하여 인간이 만들어 내고 이름 붙인 것이기 때문에 과거는 사라지고 현재는 지금이고 미래는 아직 오지 않은 것이 아니라 한 무리의 묶음으로 존재한다고 믿고 싶어집니다.

꽃이 봉우리를 맺고, 꽃이 피고, 시들었다가 다시 봉우리를 맺고 꽃이 피듯이 함께 공존하고 있다고 생각했습니다. 과거는 사라지지 않습니다. 기억하거나 기억하지 못할 뿐입니다. 미래는 어딘 가에 존재하고 있습니다. 나는 가끔 과거와 미래를 구분하지 못하는 경우가 있습니다. 과거의 일이라고 기억하는 상황을 현재에 그대로 겪을 때가 있으며 미래의 일을 짐작하여 판단하는 경우도 있습니다.

당신에게 당신이 없고 나에게 내가 없습니다

우리집 옆으로는 제법 깊고 숲이 우거진 산책로가 있습니다. 그런데 언젠가부터 길 양쪽으로 분양한다는 팻말이 붙어 있더니 어느 날 언 땅속의 생명들이 숨죽이며 잠을 자며, 하늘을 향한 다가올 날의 꿈을 꾸고 있던 시기에, 중장비가 길을 만들고 있었습니다. 기분이 묘했습니다. 내 어머니의 화단이 사라지고 당신의 마음이 죽어 나간다는 생각이 들었습니다.

얼어붙은 동토 속에서 흙이 숨을 쉬고 있고 잠자듯 숨죽인 가늘고 연한 뿌리 내린 것들이 무참히 뽑혀 나가는 모습에서 당신의 아픔이 탄식처럼 다가오는 것이 느껴졌습니다. 씨앗에서 갓 돋은 뿌리 한 올이 땅속 어둠을 뚫고 나가듯 주위에 퍼지는 미열과 탄식이 내 몸 안에 고스란히 전해지는 느낌이었습니다.

인간의 이기(利己)가 숲속의 아픔을 만들고 숲의 고통이나 슬픔 따윈 나하고는 아무런 사이도 아니고 아무 관계도 없는 것으로 무시하고 살고 있습니다. 당신의 행복이 나의 행복입니다. 당신의 생이 나의 인생이기도 합니다. 그러므로 당신의 불행은 결코 당신만의 불행이 아닙니다. 내가 당신 편이 될 때 당신도 내 편이 되어 줄 거라는 것을 의심하지 않는 이유입니다.

이쪽에서 '너'라고 하면 저쪽에선 '나'가 됩니다. 저쪽에서 '나'라고 하면 이쪽에서는 '너'가 됩니다. 그래서 '나'와 '너'는 동의어 일 수 있습니다. 당신이 나의 슬픔을 알아주고 나의 고달픔을 위로해 주고 나의 힘든 길에 동행이 되어야 하는 이유입니다. 이대로는 안 된다는 것, 제 욕심만으로는 살 수 없다는 것, 내가 잘되기 위해서는 너의 도움이 무엇보다도 필요하다는 것, 자연을 무시하고 함부로 하는 것은 인연을 저 버리는 행위이고 크게 벌을 받아야 하는 행동입니다. 인간에게 인간이 없고 자연에게 자연이 없습니다.

비겁한 얼굴

—

지문이 사라지도록
손을 부여잡았고
손금이 없어지도록
세상에 기댔다

없어진 지문과 손금은
손바닥에 내 살이 아닌
핏줄조차 없는 죽은 살로
술 취한 고통 속에 되살아났고

맨몸으로 쳐다보기엔
건방진 내 얼굴이 무서워
거울도 못 보는 비겁자가 되었다

　　세난도(Shenandoah) 국립공원으로 혼자 야영을 다녀왔습니다. 불을 피우고 연기도 함께 피웠습니다. 인간의 피할 수 없는 죽음의 길목, 노년의 초라한 내 모습이 불꽃에 어른거렸습니다. 과거에는 나이 40 불혹(不惑)이 '세상일에 미혹되지 않음'이라고 하였지만, 요즘엔 40을 넘어 60이 되어도 '미혹이 많은' 다혹(多惑)의 시대를 사는 것 같습니다.

더욱이 다인종, 다문화 속에 살고 있는 이민자로서의 삶이란 단조로우면서도 불안정한 생활 환경 속에서 정체성 경계의 혼란과 더불어 개인의 자유마저 잃어버리는 버림의 시대의 삶일 수도 있겠다는 생각입니다. 그러한 현상으로 인해 이민자의 삶 속에는 암이나 교통사고 등으로 인해서 인생이 무너지는 사람보다 무분별하게 삶을 방치했다가 무너지는 사람이 훨씬 더 많다고 합니다.

인생에서 노년이 중요하게 느껴지는 것은 어쩌면 그 시기가 깨달음을 알고 아름답게 돌아갈 준비 하는 과정을 가늠하고 있기 때문일 수도 있습니다. 일반적 기준으로 노인이란 나이가 예순의 시점도 아니고 지하철을 무료로 탈 수 있는 시기를 말하기보다는 자신이 노인이라고 생각하는 순간부터 노인이라고 합니다.

노년기란 화해의 시기입니다. 마음에 가두어 두었던 한을 풀어야 하는 시기입니다. 내가 야영을 즐기는 이유 중 하나는 모닥불을 피워놓고 불가에 앉아 있으면 붉은 숯덩이와 함께 노오란 불꽃이 타오르고, 그 불꽃 위에 지나온 인생의 기억이 아른대기 때문입니다. 기억하고 회상함은 한을 풀고 여한을 없애는 일입니다. 한이란 풀지 못하고 마음속에 쌓아둔 감정의 응어리입니다.

살기 위해 손금이 없어지도록 세상에 기댔다

아침에 일어나면 눈을 뜹니다. 밤이 되면 잠을 자기 위해서 눈을 감습니다. 그리고 꿈을 꿉니다. 다시 아침이 되면 눈을 뜨고 또 하루를 맞이합니다. 인간은 이 간단치 않은 방법을 수천 번, 수만 번을 반복하며 지문도, 손금도 닳아 없어지도록 세상을 붙들고 기대며 자신의 인생을 만들어 갑니다.

하루의 시간 끝에 몸을 눕히고 평안히 눈을 감는 일도 쉽지만은 않지만, 그보다 몇만 배 어려운 것이 죽음의 순간에 편안히 눈을 감을 수 있는 것이라고 합니다. 그래서 편안히 눈을 감을 수 있는 죽음의 순간을 '여한이 없다'고 표현하는가 봅니다.

인간은 어쩌면 죽는 순간까지 한을 품고 삽니다. 지금 이 순간 마저 누군가에게 한을 주고 나는 한을 품고 있었는지도 모릅니다. 죽음의 마지막까지 바깥을 향해서만 활을 쏩니다. 내 안을 향해서는 활을 쏘지 못하는 우를 범하고 그것마저도 인지하지 못하고 삽니다. 진정 내가 맞춰야 할 과녁은 내 안에 있음에도 밖을 향해서만 조준을 합니다.

건방진 얼굴이 무서워 거울도 못 보는 비겁자

살아가다 보면 '그때, 그 사람은 내게 왜 그랬던 걸까' 또는 '그때 나는 그에게 왜 그랬을까'라는 의문을 갖게 될 때가 있습니다. 그러면서 평소 내가 잘 알고 있다고 확신하고 있던 사람이 어느 날 문득 낯설게 느껴지며 '얼굴 뒤의 얼굴'을 마주하게 되었을 때의 당황스러움과 자신의 뒷모습에 대한 창피함에 얼굴이 달아오르는 경험을 해본 적이 있습니다.

사람에 대한 낯설음은 비단 타인에게만 국한된 것은 아니고 내 자신에게서도 문득 낯선 향기를 느끼고 '아! 나는 뭐지…' 하는 혼란스러움을 느끼기도 합니다.

로스앤젤레스 게티뮤지엄에 가면 구스타브 카유보트(Gustave Caillebotte, 1848~1894)의 작품이 있습니다. 이층 발코니에서 거리를 바라보는 신사, 노를 젓는 남자의 등 낚시하는 남자의 뒷모습을 바라볼 수 있습니다. 그림 속 인물들의 뒤 모습을 보면서 저들은 무슨 생각을 하고 있을까 궁금해졌습니다.

우리는 자신의 뒷모습을 보기 위해 거울의 각도를 달리해볼 수 있습니다. 틀어진 각도에서 시선을

던지는 나를 자각하며 나의 눈이 닿지 않는 뒷모습을 볼 수 있습니다.

봄볕을 타고 돋아나는 꽃을 자세히 보면 꽃송이를 받치고 있는 숨은 조력자 꽃받침의 존재를 알게 됩니다. 연두로 돋는 잎, 그 연두의 뒷면에는 앞면보다 더 선명한 잎맥이 도드라져 있습니다. 가운데 등뼈 같은 잎맥과 좌우로 뻗은 잎맥들이 잎 살을 튼튼하게 지탱해주며 잎의 성장을 받쳐주고 있습니다. 나를 받쳐주고 지탱해 준 뒷모습들이 지금의 나를 만들어 놓았지만 나는 그 바람을 놓치고 살고 있습니다.

오히려 내 얼굴 속을 가만히 들여다보면 본래의 내 모습과 전혀 다른 가면을 쓰고 있을 때가 대부분입니다. 가면을 벗으면 숨겨져 있는 독기가 서려 있습니다. 그렇다면 내가 만든 독기를 가장 먼저 맛보는 사람이 누구일까요? 바로 나입니다. 사랑도 마찬가지입니다. 사랑을 베풀려면 먼저 내 안에서 사랑하는 마음이 만들어져야 합니다. 사랑의 마음을 다소곳이 만들어 가는 과정 속에 그사이에 내 마음이 포근히 사랑으로 젖어집니다. 내가 만든 사랑에 내가 먼저 물들고 그 온기와 배려와 따뜻함의 감정에 내가 먼저 잠기게 되는 것입니다.

누군가에게 화를 낼 때가 있습니다. 상대에게 화를 내기 위해서는 먼저 내 안에서 화를 만들어야 합니다. 그걸 모아서 상대방에게 쏟아내게 되는 거지요. 미움도 그렇습니다. 세상의 모든 독기가 마찬가지입니다. 먼저 마음이라는 내 안에다 모아서 상대방에게 뿜어내게 됩니다.

그렇게 건방진 얼굴이 된 나는 면도를 할 때도, 화장을 할 때도, 술이 취하기 전에는 내 자신이 무서워 거울 한번 제대로 쳐다보지 못하는 비겁자가 되어 있습니다.

#이응의 끝

제2부 Allegro

돌고 돈다

미싱이 잘도 돌고 돈다

미싱이 돌아 돈이 돌고 돈다

또박또박 이음이 이음을 물고

또 다른 이음을 만든다

잘려 나 간 틈을 메우고

이어진 틈엔 틈이 보이지 않는다

이어보지 않은 사람은 모른다

틈을 들여다보지 않은 사람은 모른다

왜 미싱이 돌고

왜 틈을 메우고 이어야 하는지

이응이 아닌 건 돌지 않는다

기억도 니은도 미음도 비읍도 돌지 못한다

시작도 없고

끝도 없는

이응만이 돌고 또 돌고 돈다

이 세상 그 무엇도 원점으로 돌릴 수 있는 것은 없습니다. 오직 이응 만이 원의 시작점에 도달할 수 있습니다. 아무리 돌아가려고 굽히고 또 굽혀도 출발점으로 다가갈 수 없습니다. 굽히는 것만큼 펴는 것 역시 출발점에 도달하기 힘듭니다. 이응만이 선의 이음으로 돌아갈 수 있습니다. 이응을 연속적으로 이어가면 다가가고 도달하기 위해서가 아니라 틈과 틈이 보이지 않게 이음의 뒤를 이어 다시 이음을 만들고 이어진 틈과 틈에는 틈이 보이지 않게 됩니다.

살다 보면 세상일이 내 마음대로 풀리지 않을 때가 어김없이 찾아옵니다. 작아지고 싶지 않지만 작아질 수밖에 없는 상황과 조건에서 달리 선택지가 없다는 것은 틈이 없다는 뜻입니다. 나는 틈이 보이고 상대는 틈이 보이지 않는다는 것은 게임에서 질 수밖에 없는 기울어진 운동장입니다. 삶의 굴곡과 불공정 위에서 바로 맞서는 것은 정당한 게임이 아니라는 것은 분명히 알고 있습니다. 뒤를 돌아보지 않고 앞만 보고 살아가는 사람들은 모릅니다. 틈과 틈 사이를 이어보려고 미싱질을 해 보지 않은 사람도 모릅니다. 인생이 왜 돌아가고 출발점으로 돌아가야 하는지를….

이음이 이음을 물고 또 다른 이음을 만든다

의지는 내가 진짜 원하는 게 무엇인지 알게 되었을 때 비로소 드러납니다. 삶에서 벌어진 틈과 틈을 메우기 위해 이음질이 이어가고 그 뒤를 이어 또 다른 이음을 위해 돌고 도는 일이 번갈아 가며 찾아오기 때문입니다. 그것은 기억도, 니은도, 미음도, 비읍도 해결할 수 없는 영역입니다.

이어진다는 것은 하늘에 떠 있다고 믿어지는 아름다운 별을 가지고 싶어 고개를 치켜세우고 사는 것보다 나를 보고 내 주위를 보면서 손에 손을 맞잡아 일상에서 의미를 이루는 것이 끝이 보이지 않는 길을 무한정 달리는 것보다 나은 일입니다.

내가 가진 것을 가꾸고 사랑하는 것, 가까운 주위를 둘러보는 것, 멀리 있는 사람이 아니라 지금 함께 할 수 있는 사람에게 무한히 감사하고 둥글게 돌아간다면 결코 닿을 수 없는 길을 가는 것이 아닌 이음으로 이응의 출발점으로 돌아갈 수 있는 유일한 길이 될 것입니다.

출발과 도착처럼 이응만이 돌고 또 돌고 돌아

이응의 출발은 왼쪽에서 시작되면 오른쪽을 돌아 출발점에서 접촉하게 되고 오른쪽으로 시작하면 왼쪽을 돌아 출발점에 접촉하게 됩니다. 접촉은 접근의 수단이 됩니다. 접촉은 개인의 실존 안에 깊이 자리 잡는 사랑이 됩니다. 누군가가 나에게 접촉함으로써 나는 살 수 있고, 또 살아 있음을 느끼게 됨니다. 누구로부터 접촉 받지 못한 사람은 사망에 이르기 오래 전부터 고독 속에 죽어갈 수밖에 없습니다. 접촉은 일종의 관심이자 삶을 유지하는 상식입니다.

인간은 사랑과 관심 속에서 성장합니다. 사랑을 받지 못해 외로운 사람은 사람의 관계에서 어려움을 겪고 살게 됩니다. 그것은 상처가 되고 상처 난 부위는 아물지 않아 조금만 건드려도 덧나고 고통이 따르게 됩니다. 결국 상처는 필요 이상으로 단단해지며 다른 부위와 융화할 수 없어 그 자리는 외로워질 수밖에 없습니다. 외로워진 나는 자기 합리화에 익숙해져서 남이 사실을 말해 주어도 인정하기 힘들고 부정적으로 세상을 바라보게 됩니다.

우리 모두에게는 상처받은 자아가 존재합니다. 평소에는 못 느끼고 있지만 특정한 사람과의 관계가 힘들 때 느낄 수 있습니다. 상대의 문제는 쉽게 보이나 내 문제는 보이지 않아 관계의 원인과 과정을 상대에게 돌리지만 사실은 내 안에 성숙되지 못한 내가 있음을 인정해야 합니다.

대화를 하다 보면 '상식적으로 생각해 보라'는 말을 자주 듣게 됩니다. 상식적으로 생각해 보라는 간곡한 부탁에도 상대와 내가 합의에 이르지 못하는 경우가 자주 발생합니다. 그러한 현상은 상대방은 상식적으로 생각하였다고 하는데 내가 상식적으로 생각하지 않은 이유가 있을 수 있고, 상대가 상식을 벗어나 자기식으로 생각하였을 수도 있습니다. 아니면 정작 상식적으로 생각해 보려는 노력을 했지만, 문제나 상황이 자신만의 상식으로 해석한 데 문제가 있는 듯합니다.

삶의 모든 문제에 상식이라는 것이 마치 어떠한 사회적 규범처럼 정해져 있으면 좋을 텐데 세상엔 정답이 없는 문제들이 너무 많이 있는 것 같습니다. 그래서 우리는 각자가 가진 모범전과나 표준전과를 가지고 상황을 재단하고 평가하려고 하고 있지만, 이응을 빼고는 그 어느 것도 출발과 도착이 맞닿듯이 돌고 또 돌 수 있는 것은 아무것도 없는 것 같습니다.

11시 45분

11시 45분 에는

그대의 마음이 내 유리창을 두드린다

나는 창문을 연다

갓 피어난 꽃처럼

그리움을 벗은 채

그대가 뛰어들고

어두운 방안에서 서성이는

그대의 눈동자에

나는

시린 무릎을 꺾고

소리 없이 손짓을 하며

그대의 눈 속을 들여다본다

금세 울 것 같아

나는 용기를 잃고 부풀어진 주먹으로

나는 가끔 그대 때문에 짜증이 날 때가 있습니다. 내가 만들어 놓은 기대에 당신이 따라와 주지 않기 때문입니다. 사랑이란 무엇입니까. 그것은 내 안과 밖에 존재하는 실재의 모든 부분들에 대한 감수성이며 온 마음으로 그 실재에 응답하는 것입니다. 때로는 당신이 그 실재를 끌어 안기도 하고 때로는 그것을 공격하고 미워하기도 하고 무시하기도 합니다.

그럴 때마다 또 다른 것들에게 온갖 주위를 기울이기도 하겠지만, 어찌 되었건 나의 필요에 의해서가 아니라 감수성에 의하여 그 모든 감정을 토해내게 됩니다. 11시 45분, 매일 밤 시간은 흘러서 어둠이 몸서리치듯이 내 몸에 감겨옵니다. 천지를 구분할 수 없는 어둠 속에서 당신이 찾아왔고 나는 창문을 열었습니다.

까만 하늘엔 빛나는 수만개의 별들이 보였고 왠지 모르게 가슴이 뭉클했습니다. 아까는 듣지 못했던 바람 소리며 풀벌

레 소리, 구름이 흘러가는 소리가 들렸습니다. 그 순간 평화가 밀물처럼 내 안으로 흘러 들어왔습니다. 나는 이미 행복해졌습니다. 당신이 이곳에 머물 수 있다는 걸 이제야 겨우 알았고 당신이 나를 받아들이는 것을 느낄 수 있었습니다.

그리움을 벗은 채 그대가 오기를 기다립니다

요즘 들어서 가끔 사랑하는 사람이 떠나가는 꿈을 꾸고는 합니다. 떠나는 건 아픔이지만 그립고 보고 싶은 건 선물입니다. 살다 보면 자의가 아니라 타의에 의해서 움직이는 나를 만날 때가 있습니다. 그런 날은 삶 속에 내가 없는 기분이 들면서 중심이 아니라 주변에 머물며 서성이는 것 같은 느낌을 받게 됩니다. 그런 날에는 당신을 기다리며 혹시나 당신이 찾아올 것 같은 환상에 발걸음 소리에 창문을 열어 둡니다.

인생의 멋진 순간들은 때로는 비 맞은 뒤에 찾아오기도 합니다. 비에 흠뻑 젖어 덜덜거리며 따뜻한 난로 앞에서 옷을 말리고, 따뜻한 커피를 마실 때 그때 행복하다는 생각과 함께 모든 것이 더욱 고맙게 느껴질 때도 있습니다.

11시 45분 이제 잠자리에 들 시간입니다. 나는 오늘도 당신이 오기를 기다립니다. 당신을 만나고 때로는 같은 방향을 바라보며 나란히 걷기도 하고 저만큼 즘에서 서로 마주 보며

가까이 다가오기도 하고, 그러다 갈라진 길의 끝에서 다시 만
나 손을 잡고 걷기도 하고, 때로는 넘어진 나를 위해 숨을 돌
리며 길가에 서서 기다려 주며 이름을 불러주는 그대. 오늘도
나에게로 오는 그대를 기다리고 기다립니다.

제**3**부

Moderato

술주정

―

서로의 가슴을 믿지 못하여

술잔을 들고

내 가슴을 다 보여주어도 세상은 말이 없고

또 술을 마신다

외로운 사람끼리 싸움을 하다가

한 잔을 더 마시고

한 잔을 또 마신다

미안허이 미안허이

오늘과 가장 가까운 곳에서

내일과 가장 멀리 살고 있는 나는

잠든 꿈을 머리에 인다

내일을 걱정하기엔 오늘이 나를 묶고

비틀대며 내일은 바로 설 마음으로

굽은 오늘을 어둠에 묻고

비틀대며 죽음 가까이 기어든다

해방신학자 레오나르도 보프(Leonardo Boff, 1938~)는 "사람은 가슴과 머리로 이루어져 있다"고 말했습니다. 인간은 아름다운 풍경을 보면 먼저 가슴으로 '저 풍경이 아름답구나' 하고 느끼고 나서 저곳에 어떻게 가까이 갈 것인가를 생각하고 계획을 한다고 합니다.

인간과의 만남도 마찬가지입니다. 처음 사람을 만나면 그 사람의 외모를 보고 그 사람에 대하여 호감도를 가슴으로 느끼게 된 후에 어떻게 하면 저 사람과 사귈 수 있을까, 어떻게 나를 좋아하게 할 수 있는가를 머릿속으로 생각하게 되어 있다고 합니다. 그러나 요즘의 세상은 그 반대의 현상이 지배하는 세상으로 변한 것 같습니다. 가슴 없이 머리로만 생각하고 숫자로 계산하여 저 사람과 가까워지면 내게 무슨 도움이 될 수 있을까, 저 사람은 돈을 얼마나 가지고 있을까를 우선 계산하는 머리만 있고 가슴 없는 세상이 되어 버렸습니다.

'어린 왕자'는 소행성 B612에 대해 세세한 이야기를 늘어놓고 번호까지 밝히는 것을 두고 이렇게 이야기합니다. "어른들은 숫자를 좋아한다. 여러분이 새로운 친구를 사귀었다고 어른들에게 말하면, 어른들은 도무지 가장 중요한 것은 물어보지 않는다. '그 애의 목소리는 어떠니? 그 애는 무슨 놀이를 좋아하니? 그 애도 나비를 채집하니?' 절대로 이렇게 묻는 법이 없다. '그 앤 나이가 몇이지? 형제들은 몇이나 되고? 몸무게는 얼마지? 그 아버지는 얼마나 버니?' 항상 이렇게 묻는다. 이렇게 묻고 나서야 어른들은 그 친구를 속속들이 알고 있다고 생각한다. 만일 여러분들이 '나는 아주 아름다운 장밋빛 벽돌집을 보았는데요, 창문에 제라늄이 있고, 지붕 위에 비둘기가 있고….' 이런 식으로 어른들에게 말한다면, 어른들은 그 집을 상상해 내지 못할 것이다. 어른들에겐 이렇게 말해야 한다. '나는 10만 프랑짜리 집을 보았어요.' 비로소 그들은 소리친다. '정말 예쁜 집이겠구나!'"

내 가슴을 다 보여주어도 세상은 말이 없고…

나는 왜 당신 말에 귀 기울이려 하지 않는지 모르겠습니다. 당신 또한 내 말을 들어주려 하지 않습니다. 그러므로 당신과 나는 서로를 사랑하지 않는 것 같습니다. 진정으로 상대의 말에 귀를 기울이고 상대에게 진심을 보이는 것은 틀림없이 진정으로 사랑하고 있다는 표시입니다. 진정으로 남의 말에 귀를 기울이는 일 중에서 정말 중요한 부분은 말하는 사람의 입

장으로 들어가서 가능한 한 그 사람의 세계를 내부로부터 아주 많이 경험하기 위해 일시적으로나마 자기 자신의 편견과 자기 판단을 지배하는 근거를, 그리고 욕심을 포기하고 들어주는 일입니다.

다툼은 내가 옳다는 것을 증명하기 위해 틀린 것을 그냥 두고 참을 수 없는 마음입니다. 그래서 고정적인 틀에 나를 가두고 절대적이라고 내 주장을 내 세우는 것입니다. 그러나 다른 사람과 시시비비를 따지면 나도 분명히 '시시' 가 아니라 '비비'의 위치에 놓일 수 있습니다. 아무것도 아닌 것처럼 보이지만 마음을 펼쳐 놓고 아무렇지도 않은 듯 마음을 비우고 즐길 수 있는 것은 그리 쉬운 일이 아닙니다. 가만히 있는 것, 계산하지 않고 바라보는 것, 내면을 고요히 들여다보는 것은 어쩌면 살아남기보다 어려운 일인지도 모르겠습니다.

오늘과 가장 가까운 곳에서 다가오는 그리움

올봄은 비가 참 많이 내렸습니다. 습기 먹은 솜처럼 우리 마음도 축축 늘어지고 늘어진 마음은 여유를 잃고 사랑하는 방법마저 잃어버리곤 했습니다. 하지만 어느덧 우리의 몸과 마음을 지치게 했던 시간은 슬그머니 꽁무니를 빼며 서산에 머물며 동녘에서 산들바람이 목련의 잔등을 타고 살랑대고 다가오고 있습니다.

인간의 힘이나 능력으로는 그 근원을 알 수 없는 따사로운 봄햇살이 연두빛 잎새를 만들고 붉은 노을을 받은 생명들은 또 다른 성장에 가슴속을 훅하고 치고 지나갑니다. 내 가슴을 매몰차게 치고 지나간 실체는 무엇일까요? 밤마다 잠 못 이루게 하는 그것, 나를 애타게 하고 헤매게 하는 그것, 그것은 설령 서로가 서로 모르는 사이라고 해도 눈 부신 아침과 고요한 저녁을 만들며 다가오는 그리움이었습니다.

외로움을 이겨보려고 한 잔을 마시고 말 같지 않은 말을 끊임없이 늘어놓고서 또다시 한잔을 마십니다. 아무리 마셔 보아도 갈증은 해소되지 않고 허물을 벋을 수가 없습니다. 그것은 여전히 내 몸에 걸쳐 있는 욕망의 무게가 너무 무겁고 이 세상의 것에 대한 집착이 너무 강하여 물질을 내 삶의 수단으로 삼았기 때문입니다. 그래서 나의 영혼은 여전히 내 욕망만큼 무겁고 답답합니다. 허물을 벗는다는 것은 가벼워 진다는 것입니다.

한 발 떨어져서 삶을 지켜보면 소유하지 못한 것보다 이미 가지고 있는 것이 차고 넘침을 볼 수 있습니다. 내가 가지지 못한 것보다는 가진 것을 생각해보면 가치를 헤아릴 수 없을 정도로 과분하다는 생각이 듭니다. 감사함과 만족감을 주는 것을 외면하고 없는 것을 채우려고 하는 부정적인 욕심이 마음속에 가득 차 있습니다. 장자는 "행복은 깃털보다 가벼운데 아무도 그 무게를 감당할 줄 모르고 재앙은 땅보다 무거운데 아무도 피할 줄 모른다"고 했습니다.

꿈을 꾸고 꿈속에서… 잠든 꿈을 머리에 인다

쓸모없는 인간으로 비치는 건 슬프고 안타까운 일입니다. 내가 사회에서 도태되었고 인간관계에서 아무런 유용성이 없는 인간이라고 생각했을 때, 나 자신에 대해 어떤 정의를 내려야 할지 암흑 속에서 헤매는 것 같습니다. 나의 삶에 대해 어떤 가치나 의미를 찾을 수 없게 된 상황에서 나 자신에 대한 참담한 마음은 나를 묶어 두기에 어떠한 자존감도 들지 않습니다.

누구나 사회에서 물러나야 할 때가 있고 몸이 마음을 따라가지 않을 때가 있습니다. 그럴 때마다 자책하고 스스로를 가치 없는 인간이라고 여긴다면 언제나 불행한 마음을 안고 살 수밖에 없습니다. 하지만 나도 누군가에게는 쓸모 있는 존재였을 때가 있었고 어떤 공간에서는 무용했지만, 또 다른 공간에서는 유용했던 경우도 많았습니다.

'겨울부채'는 추운 겨울에 특별히 사용될 용도가 없는 경우

가 대부분입니다. 하지만 나무에 불을 지피기 위해서는 때로
는 부채가 필요하듯 무익한 것이 때로는 유익할 수도 있습니
다. 나는 꿈을 꾸고 꿈속에서라도 그런 사람이고 싶습니다.

어제의 사랑

—

계단을 두 개씩 뛰어넘어 문밖으로 나섰다

바람뿐.

당신이 거기에 있을 리 없다 흔들린다

빛바랜 기억이 당신 냄새를 기억하려 끙끙거린다

훅~ 하고 치고 간다

그게 그렇게 지나갈 수 있는 게 아닌데 어둡고

바람이 불기 때문일까?

가을 녘 어디선가 비가 내리고

아파했고 아직도 아물지 않은 아픔의 통증이 비에 젖고 있으리라

터득하지 않아도 좋을 것을

잊어버려도 좋을 것을

불러도 울어도 열리지 않고 보이지 않아도

문 앞에 체념으로 무릎 꿇고 재기를 다져도 언제쯤 열릴까

이제는 떠나려는 사람에게 전해야 할 미움보다 아픈 체념을 안다

어색하지 않게 용서할 줄 아는 방법도 충분히 준비해 두었다
아픔은 아픔으로 남아야 하고 용서는 용서로 남아야 하는 세상
모든 것들이 공정만 있는 것도 아닌 것을
그런데도 긍정도 부정도 못 하는 무능은
어제의 사랑을 기다린다

언제쯤 이나 열린 것인가
당신의 마음이

오늘도
비는 내리는데

바람이 불었습니다. 바람이 불면 가장 먼저 영향을 받는 것이 나뭇잎입니다. 처음엔 나뭇가지 끝에서 파르르 떨던 나뭇잎이 움찔거립니다. 준비 운동을 하듯 살랑이던 나뭇잎은 서서히 흥분하여 일렁이기 시작합니다. 그렇게 충분히 일렁인 바람은 나무의 높이에서 떨어지고 어느새 나의 창문을 두드리고 있습니다. 바람은 당신에게서 불어와 내 가슴을 스치고 다시 당신에게로 사라져 갑니다.

바람이 부는 날이면 인생의 정점에서 한참 멀어져 황혼의

언저리에 서 있는 나는 아직도 잠재우지 못한 내 안의 바람을 마중하며 함께 일렁입니다. 때로는 그리움을 안고 팽이가 도는 방향으로 채찍 끝의 날카로움처럼 불어와 내 몸을 휘감기도 합니다. 살갗에 스치는 외로움의 감촉이 지금껏 살아온 인생처럼 싸하게 나를 휘감아 버립니다. 그 긴 꼬리에서 언뜻 당신 냄새가 납니다. 바람은 때로는 담자리꽃 향기를 묻혀 코끝을 자극합니다. 가끔 태평양 넘어 서풍에 묻어오는 고국의 고향 냄새는 잠자는 나의 역마살을 건드려 깨우기도 합니다.

태풍이 바다를 뒤집어 청소를 하고 새로운 물결을 만들어 내듯 시간과 공간에 따라 바람은 내 몸 안의 공기를 한 번씩 흔들어 순환시킵니다. 바람은 혼자 움직이지 않는 것 같습니다. 언제나 구름을 동반합니다. 팥고물이 잘 얹힌 시루떡같이 두꺼운 층을 만든 먹구름과 같은 속도로 이동하기도 합니다. 층 위에 또 다른 층을 만들고 무게를 키워 하늘의 진노가 명령을 내릴 때를 기다리는 듯하다가 명령에 따라 짧고 강한 바람을 쏟아냅니다. 동쪽에서 서쪽으로, 다시 서쪽에서 동쪽으로 번갈아 휘져으며 충돌과 번민의 사이에서 번개와 천둥을 만들고 당장이라도 엄청난 비를 퍼부어 댈 것 같습니다.

바람은 공기의 흐름이고 공기의 흐름은 기압 차가 뒤따르게 됩니다. 물이 위에서 흐르듯 공기에도 높은 곳과 낮은 곳이 있고, 바람의 이동은 고기압에서 저기압으로 떨어지고 떨어지는 기압 차에 의하여 만들어진 바람처럼 내 안에서 당신을 향한 내 호흡이 상승하고 다시 떨어진 호흡은 그리움이 되어 당신에게 향합니다.

순해진 나… 어둡고 바람이 불었기 때문일까

계절을 탄다는 말이 있듯이 나는 바람과 비를 탑니다. 바람의 소리와 비의 호흡이 메마른 나의 가슴을 설레게 합니다. 나는 바람이 불고 비가 오면 내 가슴 깊숙한 곳에서 알 수 없는 활력이 솟아나기도 합니다. 때로는 걷잡을 수 없을 만큼 몸과 마음이 흥분으로 가득찹니다. 이 세상 바람 안 부는 곳이 어디 있겠습니까.

줄기줄기 갈대 사이를 바람이 지나갑니다. 사람살이도 결국 갈대의 흔들림과 그다지 다를 바가 없는 것 같습니다. 끊임없이 불어오는 바람에 쓰러져 눕기도 하지만 허리를 꺾이는 것은 큰 굴욕이라도 되는 듯 힘겹게 버티며 일어섭니다. 때로는 등 붙이고 드러눕고 싶어도 그것은 패배를 인정하는 것이라는 생각에 등을 꼿꼿이 세웁니다. 바깥에서 불어오는 바람 못지않게 내 안의 바람 다스리는 일도 만만치 않습니다. 붙잡지 못한 꿈에 연연하여 끊임없이 담 밖을 기웃거리게 하는 정체불명의 정신적 허기가 바람의 존재를 인정케 합니다.

바람은 자유의 표상입니다. 굴레를 벗어던진 그 기백이 부럽고 활기차게 보입니다. 사람의 가슴을 시원하게 뚫어주는 마력도 지녔습니다. 인생을 살면서 때로는 바람이고 싶은 적이 있었습니다. 그리움의 연원을 찾아서 안개와 어울리고 구름을 희롱하며 거침없이 떠돌고 싶었습니다. 그러나 그러지 못하고 갈대처럼 붙박여 살았습니다. 언제나 발목을 잡는 건 가족과 사회적 통념, 그 틀을 벗어나지 못하는 나의 용기 부족이었는지 모르겠습니다. 이제 내 안의 바람도 제풀에 잦아들어 많이 순해졌습니다.

억겁의 세월 속에서 찰나에 불과한 한 점 내 삶이 바람이었는지 구름이었는지도 알 수가 없습니다. 이제 나의 바람은 내 의지와 다르게 힘에 부쳐 선잠을 자고 있습니다. 하지만 바람 불면 언제 또 고개를 들고 치기 어린 발버둥을 칠지 조심스럽기만 합니다. 이제는 힘이 떨어진 내 바람을 인정하고 시작점에서 크게 벗어날 수도 뛰어넘지도 못하고 맴도는 힘 없는 동그라미는 이제 그만 그려야 한다고 마음먹지만, 나의 행동에 책임을 질 수 없을 것 같습니다. 바람과 함께 오는 당신을 마중해야 한다는 내 의식이 살아 있기 때문입니다.

어색하지 않게 용서하는 방법도 준비해 두었다

오늘도 비가 내릴 것 같은 예감만으로 모자가 달린 후드티로 갈아입고 집을 나설 준비를 합니다. 나는 숲이 우거진 길을 달립니다. 목적지는 없습니다. 비를 맞으며 실컷 달리다 그만 달리고 싶을 때 돌아오면 됩니다. 드디어 자동차의 전면 창으로 빗방울이 투덕거리기 시작합니다. 회색의 아스팔트가 거뭇하니 젖어옵니다. 내 몸의 대부분을 차지하고 있는 내 안의 욕망은 저절로 하늘에서 떨어지는 빗방울들에 이끌립니다.

오랜 그리움 뒤 연인과의 해후처럼 마음의 응어리가 풀리고 가슴 전체가 따뜻해져 옵니다. 빗줄기가 사다리처럼 하늘까지 이어진 날, 그런 날은 모든 것에 조금 더 너그러워지기도 합니다. 환한 햇살 아래서 악착같았던 마음이 촉촉해진 땅의 감촉 마냥 부드러워집니다. 손에 닿을 듯 가까워진 하늘이 강팍하던 마음을 부드럽게 어루만져 주기 때문입니다. 그 순간 평화로움과 여유로움이 느껴지며 나는 행복해질 수 있습니다. 이럴 때 나는 누구도 무엇도 용서할 수 있는 내가 행복합니다.

뼛속 깊이 느껴지는 무엇… 사랑을 기다린다

대기를 장악한 빗방울들의 드라마가 풍성합니다. 와 ˘ 와, 쏠리듯 다가와 파열하듯 장렬하게 부서져 내립니다. 녹음을 머금은 풍경이 진초록 유리창 위로 비치고 그 위로 방울방울 사념들이 매달립니다. 온몸을 에워싸는 빗방울이 혈관에 주입되는 링거액처럼 메마른 정신을 빠르게 타고 돌고 빗줄기가 거세질수록 숲의 춤은 더 격렬해집니다.

서서히 타이어에 들러붙는 아스팔트의 질감도 달라집니다. 차체와 도로가 한 덩어리로 밀착되며 어느덧 속도감마저 사라져 버립니다. 점차 우주적 진공 같은 것이 느껴집니다. 자질구레한 잡념들이 빠르게 사라지면서 마침내 나는 느낌표 하나로 존재합니다. 하늘과 땅을 이어주는 빗줄기를 오래도록 바라보고 있노라면, 와이퍼가 지나간 유리창처럼 투명한 마음이 되기도 합니다. 유난히 '비를 탄다'라는 것은 남다르게 마음의 정화가 필요하다는 뜻인지도 모르겠습니다. 정화에 대한 욕구가 유달리 강하기에 마음을 씻어 낼 수 있는 바람 불고 비 오는 날에 집착하게 되는 것 같습니다.

그것은 그만큼 상처받기 쉬운 마음의 소유자라는 말이기도 합니다. 존재하느라 으깨어진 상처의 파편들이 누구보다도 많기에, 그것들을 걸러 내는 작용이 더 자주 요구되는 것인지도 모르겠습니다. 문득 삶과 죽음에 대한 감각이 환해져 옵니다. 동그란 핸들에 목숨을 얹고 어둑한 하늘을 향해 질주하노라면, 복잡하던 머릿속이 단순하게 정리되면서 많은 것들로부터 초탈한 심정이 됩니다. 인간이 얼마나 미약하고 가뭇없는 존재들인지 뼛속 깊이 느껴지기도 합니다. 미물같이 약한 생명이기에 지금, 살아서, 힘차게 뛰는 내 심장에 대해 그만 숙연해지고 고개를 숙이게 됩니다.

거대한 덤프트럭이 물세례를 퍼부으며 바짝 다가와 비켜지나갑니다. 움찔하며 핸들을 다잡습니다. 그렇습니다. 비 오는 날의 물보라에 투영되는 모습은 삶에 대한 강한 애착과 확실한 긍정을 확인시켜 주는 공간이 됩니다. 구불구불 펼쳐지는 비에 젖은 도로는 더 본질적으로 살아갈 힘을 재생시켜 주기도 합니다. 생명만이 진실이기에 누추한 욕심들이 떨어져 나가고, 검박하고 평화로운 삶을 향해 애틋한 마음이 됩니다. 비를 뚫고 도로를 가로질러 천천히 날아가는 흰 새를 보고 있노라면, 당신이 올 것 같은 착각과 함께 불현듯 하늘에 닿는 문장을 쓰고 싶어지기도 합니다.

비는 내리는데… 당신이 오지 않는 이곳에서

나는 가끔 햇빛 가득한 날에도 플랫폼에 서서 기차를 기다리는 것처럼 비를 기다립니다. 비를 좋아하는 당신을 생각하며 부적처럼 당신을 가슴에 품고 간절히 비를 기다립니다. 기다리는 마음은 당신을 향하지만 끝내 찾아오는 것은 당신이 아닌 현실입니다.

삶이 무엇인지, 어찌 보면 인생은 하나의 커다란 문제집이었습니다. 온갖 상황과 문제들이 순간순간마다 담겨 있습니다. 친구 문제, 가족 문제, 직장 문제, 경제적 문제 등 그런 문제 앞에 섰을 때 우리는 선택을 해야 합니다. 그 선택의 중심은 정답만을 최선으로 인정하고 정답만 찾고, 정답만 묻고, 정답에만 매달리게 됩니다. 하지만 인생에서 어떤 정답만이 정답이라고 말할 수는 없습니다. 그런데도 우리는 문제를 풀다가 막히면 곧장 정답지부터 들추어 세상이 요구하는 정답에 따르려고 힘쓰고 애씁니다. 하지만 언제나 너의 정답이 나의 오답일 수도 있다는 진실은 잊고 있습니다.

한 가지 해석만이 지배하기 시작하면 다른 해석이 등장해야 할 필연성이 필요합니다. 해석의 단일화는 삶을 위협하기 때문입니다. 그 모든 것에도 불구하고 삶은 지속됩니다. 나날의 상처와 황폐함에도 삶은 이어질 것입니다. 폭력과 무관심이 도처에 횡행해도 불친절한 우리네 하루는 안이하게 계속될 것입니다. 그것이 인생입니다.

그 위로 오늘도 비가 내립니다. 예리한 비의 지문은 머릿속에 부식된 붉은 녹들을 벗겨 내고, 가슴속의 두터운 지방질을 뚫어 초록빛 생명의 감수성을 일깨웁니다. 깨어나는 것은 초록빛만이 아닙니다. 돌아오지 않는 당신의 마음을 기다리는 깨어남이 되풀이되고, 원의 시작점이 끝맺음이 되듯이 방황의 끝 역시 제자리로 되돌아와 어제 사랑의 시작점으로 오늘의 사랑이 돌아올 것이라 믿는 나의 무능이 있기에 가능한 일입니다. 나는 이미 알고 있습니다. 오늘 비가 내려도 당신이 이 곳에 오지 않으리라는 것을.

문밖에서

—

문을 열어

떠나려는 아픔을 바라보고

엄마 치마폭 같은 바람을 맞이합니다

이별을 생각했다면

당신을 만나지 않았을 겁니다

사랑은 가끔 멀리서 지켜보는 것

이별도 가끔 멀리서 지켜보는 것

가시겠지요

오늘 자고 나면 가시겠지요

눈물이 문밖에 서성입니다

나는 가끔 일몰을 보기 위해 두 시간 넘게 운전하면서 서쪽을 향해 갈 때가 있습니다. 그곳에 도착하여 붉어진 태양과 그 빛에 물들여진 갈대와 물 위에 반사되는 붉고 따듯한 빛 물결을 보고 있자면 마음속까지 따듯 해지는 기분이 들기도 합니다. 그 따스함도 잠시, 어둠이 빛을 몰아가며 수면 위로 해가 저물면 하루의 맺음을 확인하고 발길을 돌려 집으로 돌아옵니다.

우리는 항상 맺음을 힘들어합니다. 헤어짐, 죽음, 멀어짐, 이별과 같은 말과 함께 다양한 아픔의 경험을 하지만, 모든 경험들이 본질적으로는 나에게서 멀어져 간다는 것을 의미합니다. 상실, 내 손에 있었다고 생각했던 그 무언가가 마치 손에 움켜쥐고 있었던 모래알들이 손가락 사이사이로 스르르 빠져나가듯이, 언제 줄어들어질지 모르는 입 속의 솜사탕처럼 우리의 꿈도 사라지고 잃어져 갑니다. 잃어간다는 것, 잊혀 간다는 것은 마음 아픈 일입니다.

이별을 생각했다면 당신을 만나지 않았을 것

가을인가 봅니다. 하늘에는 달이 있습니다. 불교에서는 달을 진리에 비유한다고 합니다. 그 진리가 우리의 가슴에 그대로 내려와 앉았으면 참 좋겠다고 생각했습니다. 그로 말미암아 우리들 마음이 진실해져서 사람이 바로 하나하나의 산이 되고, 사람이 바로 하나하나의 바람이 되기를 원하기 때문입니다.

산에서 맞이하는 가을밤은 왠지 모를 슬픔이 묻어 있습니다. 산 아래 세상에서 한숨과 슬픔이 섞여서 골짜기를 타고 정상 끝에 다다라 가쁜 숨을 몰아쉬고 하늘로 오르려는 발버둥으로 새벽 산 정상에 부는 바람은 맹수의 포효처럼 골을 타고 넘어갑니다. 바람에 흔들려서 지쳐버린 높은 나무 잎사귀는 이미 파스텔톤의 가을을 묻혀 상실의 그늘과 슬픔의 무늬를 만들어 버렸습니다.

무언가를 떠나보내거나 잃어버릴 때 우리의 무릎은 꺾이게 됩니다. 그렇게 무릎이 꺾일 때 비로소 우리 안에 빈공간이 생기게 되고, 슬픔과 아픔의 그늘이 자리 잡게 되는 것 같습니다. 이때서야 우리는 오롯이 외로움을 느낄 수 있습니다. 우리는 언제나 이별 후에야 슬픔에 빠지게 됩니다. 하지만, 슬픔 또한 나 자신입니다. 나를 알아가면서 조금씩 내 자신을 보호하는 것입니다. 어둠이 있어야 빛이 존재하고, 악이 있어야 선이 그 모습을 보여주듯이 우리들의 일상 속에는 언제나 슬픔과 행복이 구름과 바람의 관계로 우리를 떠받치고 있는 것 같았습니다.

오늘 밤 자고 나면 눈물이 문밖에 서성입니다

하지만 사랑도 이별을 위하여 존재하고 이별은 새로운 만남을 위하여 존재하듯이 사람이 사는 방식도 같은 모양입니다. 내가 가지고 있던 것, 내가 움켜쥐고 있었던 그 무엇들을 내 손의 힘을 조금 풀어서 이별의 아쉬움 속에서 지켜보고 놓아준다면 다시 생겨나는 새로운 사랑이 찾아오기도 합니다.

지금 바라보는 이 붉은 태양은 시간의 흐름 속에 사라지고 어두운 하늘 속에는 별들과 함께 그리움이 내 눈 안에서 반짝일 것입니다. 사랑의 특성은 자유입니다. 사랑이라는 이름으로 강압과 통제와 갈등이 들어오는 순간 사랑은 죽어 버립니다. 사랑을 가로막는 장애물은 그릇된 믿음과 집착입니다. 그릇된 믿음을 가지는 순간 사람이나 상황이나 사물에 대한 어떤 결론에 도달하게 됩니다. 그러면 거기에 붙들려 감수성을 잃게 됩니다. 그러면 편견이 생기게 되고 그 사람을 그 편견의 눈으로 바라보게 됩니다.

집착은 욕심으로부터 형성됩니다. 무엇인가를 소유하려는 생각은 조금씩 자라나는 집착으로 성장하여 그 집착에 포함되지 않은 다른 것들은 무감각하게 됩니다. 음악은 계속해서 흐르고 있는데 계속해서 좋다고 생각하는 몇 가지 선율만 기억하고 나머지 선율을 무시한다면 음악 전체에 불협화음이 생기게 되고 전체가 주려고 하는 것과 내가 고집하는 것 사이에 갈등이 생기게 되는 이치입니다.

내가 가을 햇살을 받고 가을 산에 젖어 들고 코스모스 길을 걸으며 내 마음이 맑아지고, 깊어지고, 그래서 눈물 나게 고마운 것은, 저들이 그 길에서 내가 빚지며 살아갈 수 있게 마음을 열어 주는 것입니다. 그래서 이 빚은 아름다움이고, 저 들과 내가 하나가 되는 사랑의 표상입니다. 오늘 밤 자고 나면 구월이 가고 그 틈에 시월이 문밖에서 서성이고 있다가 불쑥 찾아 들겠지요.

방황 3

많은 것을 기억하고 살고 싶었지만

불러도 울어도 열리지 않던

한곳에 머물지 못한 슬픔은

바람처럼 이리저리 살길을 찾아 헤매다

바늘 끝이었다

내 사랑의 끝이 매듭 없이 꿰인 바늘귀 끝에서

한없이 풀려나가고 있었다

그리곤

어디로 가야 할지를 몰라

일단 하나뿐인 옷소매를 넘고 있었다

그곳에 도착했을 땐

화려한 풍경에 묻혀

사랑할 수 없음이란 서러운 변명으로

커다랗게 자라 버린 세상이

나를 화나게 했고 결국

마음의 사전적 정의와 의미는 사람이 사물에 대하여 어떤 생각, 의지, 감정 등을 느끼거나 그로 인해 일으키는 작용이나 상태, 사람의 감정, 생각, 기억 등이 생기거나 사람의 가슴속에 있다고 믿어지는 공간을 뜻합니다.

마음은 인간의 내면에서 일어나는 다양한 심리적 현상을 아우르는 개념이라고도 합니다. 그런데 이렇게 교과서적인 표현으로는 우리의 마음을 표현하기에는 역부족이라는 생각이 듭니다. 마음이란 표현해내기도 어렵지만, 마음이 어디에 위치해 있는지, 어떻게 존재하는지, 또 얼마만 한 크기를 갖고 있는지 모르고 있습니다. 우리가 우리의 마음을 어디에 두고 있는지, 우리의 마음을 어떻게 쓰고 있는지 나 자신도 알지 못한 채 내가 원하는 것이 무엇인지에 대해서도 정확히 단정을 내리지 못하고 살아갑니다.

내 마음이 어디에 있고, 어떻게 쓰일지, 원하는 것이 무엇인지 알기 위해서는 나 자신에 대한 관심이 우선이라고 생각합니다. 내 생각이 어떻게 전개되고 어떻게 마무리될지는 나 역시 끝을 내야 확인 할 수 있습니다. 중간에 생각이 다른 사람과 생각을 공유하면 오해가 생길 수 있고 원래 가고자 했던 방향과는 정반대의 방향으로 갈 수가 있기 때문이기도 합니다.

우리의 마음은 고요하게 물결치는 호수입니다. 풍랑 이는 바다가 아니라 고요한 물결이 일고 바람이 불면 그 바람에 흔들릴 줄 알고, 구름이 지나면 그 구름의 그림자가 지는 곳, 바로 살아있는 마음입니다. 물결치고 바람 일고 구름이 지나는 곳, 싱그럽고 맑고 깨끗한 호수 같은 마음입니다. 이런 마음으로 하루하루를 산다면 우리의 삶은 매일 새로운 삶이 될 것입니다.

우리는 자라면서 젓가락질과 옷에 단추 꿰는 법을 배우듯 언제 어디서 위기가 찾아올지 모르기 때문에 평소에 삶의 벼랑에 대처하는 법을 배워야 합니다. 스스로에 대한 실망감에 익숙해지는 법도 배워야 하고 사랑의 상처에 타버리지 않는 법도 익혀두어야 합니다. 비겁하게 뒤통수를 때리는 운명에 산산조각 나지 않는 법도, 불공정한 세상에서 죽지 않고 끝까지 살아남는 법도 알아 두어야 합니다. 그리하여 한곳에 머물지 않고 새로움을 만드는 방법도 터득해 두어야 합니다.

새로움이란 지금까지 내가 해온 일, 나의 숨결과 땀내 배어 있는 일터, 가정을 다른 모습으로 새롭게 바꾸는 것이 아니라 진실된 나의 땀이 멈추지 않고 계속해서 내 삶 속에 흐르게 하는 일이며, 나의 손과 발이 사랑으로 더욱 다가가는 일입니다.

한때 쓸모없어 보이던 것들의 소중함을 보며

인생은 젊음이 마냥 젊음으로 존재하지 못하기에 우리는 몸부림을 칩니다. 몸부림친다고 더 나아지는 내가 되고, 그렇게 마음먹은 대로 되는 것이라면 우리의 삶이나 인생을 얼마든지 몸부림으로 감당할 수 있을 것입니다. 그러나 몸부림은 부질없는 행위에 가깝습니다. 오히려 세상을 살다 보면 자연스럽게 나이 듦에 대한 깨달음이라 것도 생기는 법입니다.

인간은 보이지 않는 것에 대한 공포와 두려움을 갖고 있는 존재입니다. 그런 사람들의 삶과 인생의 문제와 그에 대한 다양한 해답을 만날 수 있는 우리 삶과 인생의 시간은 막막하고 보이지 않는 미래를 향해 나아가게 됩니다. 나이 들어 어른 행세하려고 하는 사람을 젊은이들은 꼰대라는 말로 표현합니다. 꼰대라서 짜증난다고 하는 요즘 세대의 의식을 비하할 필요는 없지만, 자신도 금방 꼰대 세대가 되고 후세대와의 소통이 어려워질 수 있다는 걸 생각하면 사람의 늙음 뒤에 오는 변화에 대한 인식을 완전히 바꿔야 할 필요성도 있습니다.

어른이 된다는 것은 내가 할 수 있는 일과 할 수 없는 일의 경계선을 구분하는 일이기도 합니다. 헛된 욕망으로부터 자신을 놓는 법을 익혀 나가는 일. 산다는 일에는 정답이나 형식이 없으며 각자의 열정과 갈망에 따라 나아가는 것이라는 걸 인정하는 것입니다. 외줄을 타듯 흔들리고 바늘 끝에 선 채 끝없이 흔들리는 삶이 우리들의 모습이고 마음입니다.

하지만 흔들리는 세상에서 어른임을 인정받기 위해서는 자신의 아픔에 반창고를 붙이듯 타인의 상처도 돌볼 줄 알아야 합니다. 세상으로부터 이해받으려 애쓰기보다 내가 세상을 이해해 보려 애쓰는 과정이고, 내가 할 수 있는 일과 할 수 없는 일의 경계선을 구분하는 일이기도 합니다.

진짜 어른이 된다는 건 햇살이 가득한 사람뿐 아니라 그늘진 사람도 보듬을 줄 아는 것이고, 모든 화려함 뒤에는 반드시 치러야 할 대가와 긴 세월의 눈물과 노력이 있음을 알고 그에 대한 단순한 동경을 경계하는 사람이며, 행복이란 거대한 이상이나 목표가 아니라 작은 만족과 감사로부터 시작됨을 이해하는 사람입니다.

무엇보다 중요한 것은 바로 '나 자신에 대한 태도'입니다. 나 자신에 대한 믿음이 없다면 나를 고립시킬 뿐만 아니라 타인에게 관심과 애정을 구걸함으로써 자기정체성을 획득하려는 방식을 낳을 뿐이기 때문입니다. 진정 나다운 삶이란 타인에게 인정받지 않아도 충분히 내적으로 만족할 수 있는 삶, 그리고 성장을 향한 갈망으로부터 시작됩니다.

좋은 습관을 반복하여 나와의 사소한 약속을 지켜내 감으로써 자신감을 회복하고, 어려운 상황에 닥쳤을 때는 한발 물러나 마음의 평정심을 되찾을 수 있는 자세입니다. 방황하며 '나를 잃는다'고 느껴질 때는 희생이라는 가치를 통해 더욱 성숙해지는 삶을 성찰하고, 내가 쓸모없다고 느껴질 때는 쓸모없어 보이는 것들이 얼마나 소중한지 깨달아야 합니다. 그 밖에도 내 안의 부끄러움을 드러내어 더 나은 배움을 얻는 일, 검증된 길을 벗어나 나만의 길을 개척하는 일 등을 통해 나 다운 삶을 살게 되면 그것이 곧 어른다운 삶을 살아가는 길입니다.

상실의 그늘을 잊으려 터덜터덜 세상 속으로

슬픔에서 벗어나야 그 슬픔이 주는 의미를 알 수 있듯이 살아가다 보면 많은 것이 떠나고 잊힌 후에야 곁이라는 소중한 인연이 있었음을 알 수 있습니다. 내가 슬픔 속에서 당신을 기억하고 만나보고 싶은 까닭인지도 모르겠습니다.

고개를 숙이듯 겨울에게 자리를 내어 준 계절은 상실감에 눈물 젖은 눈으로 하늘을 바라보며 구애를 해보지만, 이미 주도권을 틀어쥔 겨울은 바람을 시켜 황량한 무늬를 만들고 있습니다. 이미 가을은 겨울을 향한 애달픈 꽃이 되었고 나는 당신을 향한 서러운 꽃이 되어 서로의 볼을 쓰다듬고 있습니다.

이별은 서로의 눈물 속에 상실의 그늘을 만들며 자연 속에서 세상을 향한 몸짓으로 다가오고 있었습니다. 슬픔을 머금은 자연 안에는 스스로를 치유하고 또 다른 길로 인도하는 순환의 고리가 있나 봅니다. 오늘도 터덜터덜 걸으며 세상 속 터널을 향해 발걸음에 무릎을 세워 들어왔습니다. 세상 속에는 힘찬 아우성과 슬픔과 고통이 어우러져서 서로의 빛깔과 냄새를 나누어 가지며 휘청거리며 죽음을 향해 나아가고 있었습니다. 어느새 나와 당신 속에는 슬픔만이 다가와 있었습니다.

너에게서 떠나야 한다⋯ 당신이 떠나기 전에

나는 대부분 누군가에게 쓸모없는 존재입니다. 하지만 어느 땐 다른 누군가에게는 쓸모 있는 존재였던 적도 있었습니다. 어떤 공간에서는 무용했기 때문에 또 다른 공간에서는 오히려 유용하게 쓰이는 때가 종종 있습니다. 사회적인 시선이

나 기준은 언제 어디서 누구에게나 고정된 것이 아닙니다. 사람들이 말하는 유익한 것이 나에게는 무익한 것이 될 수도 있고 다른 사람들이 가치 없다고 여기는 것이 나에겐 가치 있는 일이 될 수도 있습니다.

내가 나를 판단할 때도 마찬가지입니다. 하지만 당신이라는 빈방에서는 나를 필요로 하지 않는 것 같습니다. 나를 한밤중에 일어나 별빛처럼 또렷한 의식을 가지고 자기중심으로 생각하거나 행동하지 않고 세상의 눈으로 자신을 비춰 보기도 합니다. 세상에서 통용되는 성공과 실패를 뛰어넘어 자신의 존재를 깨닫는 정신을 갖기도 하면서 소유의 비좁은 감옥으로부터 해방되어 인생의 균형을 유지해 보려 하지만 당신은 나를 외면하고 나를 인정하는 건 슬픔뿐입니다. 그래서 나는 떠나기로 하였습니다. 당신이 나에게서 떠나기 전에 내가 먼저 당신에게서 떠나기로 하였습니다.

#끝 길

—

인간의 눈이 높이 달려서

엎드리지 않으면 못 보는 길이 있다

진실은 언제나 바닥에서 쌓이고

고통도 바닥에 쌓이는 것

눈(目)물도 바닥에서 울고

눈(雪)물도 바닥으로 흐른다

우리 모두는 바닥에서 시작하고

우리 모두는 바닥으로 돌아가는 것

걷는 길이 다르고

행동함이 달라도

네가 다르고 내가 달라도

그 길의 끝에

기다리고 있는 죽음

그 길의 끝에

청년 시절에 유명 설탕 회사를 다닌 적이 있습니다. 그곳에는 이쁘고 내가 좋아할 만한 동료가 있었습니다. 입사 동기인 그녀와는 근무부서가 달라서 다른 사무실을 쓰고 있었지만, 그녀는 매사에 동료들이나 선배들을 존중하고 상냥하게 대하고 용모까지 단정해서 모두가 좋아하는 반듯하고 단아한 모습의 여자였습니다.

그녀에게 접근하기 위하여 일부러 그녀의 부서로 일을 만들어 찾아가기도 하였습니다. 흐드러지게 핀 봄꽃이 봄비의 심술에 의해 땅에 떨어지던 어느 날 그녀가 퇴사한다는 소식이 들려왔고 그녀에게 마음이 향해 있던 나는 당황하였습니다. 구내식당에서 일부러 그녀의 옆자리에 앉아 퇴사의 이유를 조심스럽게 물었습니다. 그녀가 대답 없이 열심히 밥을 먹고 난 후에 요구르트 뚜껑에 빨대를 꽂으며 물끄러미 내 얼굴을 쳐다보다가 '형은 형 눈에 형이 어떻게 보여요'하고 되물어왔습니다.

나는 아무 말도 못 하고 눈만 끔벅거리고, 식판을 들고 몇 걸음 걸어가던 그녀가 다시 내 게로 다가와 내 귀가에 아주 작은 소리로 "형, 나 착하게 말고 자유롭게 살고 싶어"라고 했습

니다. 그녀가 퇴사하고 한동안 아무 생각없이 지내다가 한참
이 지나 나의 뇌리에서 그녀에 대한 기억이 사라질 즘 되어 갑
자기 그녀가 했던 그 말의 뜻이 궁금해졌습니다.

엎드리지 않으면 못 보는 길… 그래도 가야

어려서는 별다른 대가 없이도 넘치도록 주어지던 설렘과
기대 같은 것들이 어른이 되면서 서서히 무너지더니 현실적
숫자로 축소되고 앞으로 내가 할 수 있는 일, 만날 수 있는 사
람, 가질 수 있는 것들이 어렴풋이 짐작되었습니다. 서른이 지
나고 마흔이 지나면서 앞으로 내 능력으로 해결할 수 있는 정
도가 계산 가능한 수치로 뚜렷해 보였습니다.

하지만 아무리 어른의 삶이 그렇다고 할지라도 모든 것이
예상 가능한 숫자로 살아가야 한다는 것은 가혹하다는 생각
이 들며 슬퍼집니다. 그렇게 존재감이 바닥까지 떨어졌지만
그래도 한두 번쯤 은 생각지도 못하고 꿈에도 전혀 모르는 일
이 생기길 바라며 그 보이지 않는 길을 찾아보며 방황도 하게
됩니다.

눈(目)물도 바닥에서 울고 눈(雪)물도 바닥으로

나 자신을 가꾸는 일이 소중한 이유는 그 일을 함으로써 나

와 내 삶이 어디로 가는 것이 맞는 길인지 방향을 잡을 수 있기 때문입니다. 길은 사람이 만듭니다. 마음에도 길이 있습니다. 마음의 길도 계속 생각하고 고민하지 않으면 풀이 무성하게 자라서 길을 막아버립니다.

진실은 바닥에 머무르고 있어 높이 달린 내 눈으로는 바라볼 수가 없고, 살아가면서 내가 지금 어디에 있고 어디로 가야 하는지 정확하게 알고 있다면 지금처럼 고통스럽지도 눈물이 나지도 않겠지만 우리들 대부분은 그걸 모른 채 여기저기 헤매고 있는 것 같습니다. 그래서 나는 울면서 달렸고 어쩌면 그녀도 나처럼 울면서 달리고 있는지 모릅니다.

그 길의 끝에서 기다리고 있는 죽음을 향해

당연히 조금씩 세월은 가고 인생이 우리 몸을 적셔왔습니다. 천지를 구분할 수 없는 어둠이 찾아왔고 그 뒤로 고요함이 찾아왔습니다. 너와 나는 다르고 달라야 합니다. 나는 길을 걸을 때 왼쪽으로 걷고 너는 오른쪽으로 걸을 수 있습니다. 변기에 앉아서 오줌을 눌 수도 있고 서서 눌 수도 있습니다. 가요 무대를 즐겨 볼 수도 있고 동물의 왕국을 즐겨 볼 수도 있습니다.

그리고 나는 손을 잡고 걷는 걸 좋아하는데 너는 혼자 걷는 걸 좋아할 수도 있습니다. 그렇게 각자의 길을 가다 보면 서로 다른 지점에 도달되게 됩니다. 하늘과 땅의 유구한 시간 속에서 인간의 삶은 덧없이 짧습니다. 우주의 시간으로 생각하면 인류 전체의 삶은 단지 몇 초에 불과하다고 합니다. 하물며 사람의 인생이란 더더욱 말할 것도 없이 짧습니다.

인생의 끝에서 기다리고 있는 죽음도 바닥에 깔려 있어 높은 눈을 가진 우리는 보이지 않는다고 해서 너와 나를 기다리고 있는 죽음을 언제나 잊고 있을 수는 없습니다. 죽음을 두려워할 필요는 없겠지만 인간의 유한한 삶에서 우리의 모든 순간의 삶이 고유하고 귀합니다. 한번 지나가면 다시 돌아오지 않는 순간들입니다.

우리는 우리의 시간을 어떻게 소중하고 잘 사는 시간으로 쓸지는 자신에게 달려 있습니다. 삶의 한가운데에는 목적을 위해 가다가 넘어지기도 하고, 다치기도 하고, 실패할 수도 있습니다. 그러나 우리가 그 길을 걸었다는 그 행복한 경험은 나의 몫으로 남게 될 것입니다.

그녀의 질문처럼 내 눈에 내가 나로 보일 때 나는 자유로운 사람일 수 있습니다. 세상 어디에서 살고 있는지는 몰라도 그녀의 바람대로 그녀가 착하진 않지만 자유롭게 살고 있었으면 좋겠습니다.

무궁화꽃이 피면

출발은 같았습니다

무궁화꽃이 피었습니다

다시

무궁화꽃이 피었습니다

누구는 한 걸음, 누구는 두 걸음

다시 무궁화꽃이 피었을 땐

무와 궁이 흩어지고

화에 피가 묻었고

그래서 들켜 버렸습니다

달빛이 내 걸음을 비추고

구름이 나를 숨겨주고

발걸음이 통곡을 합니다

점점

　인생이 때로는 강렬하게 느낄 수 있지만 전혀 그렇지 않은 그 무엇, 얼핏 보면 그것이 그것인 것 같고 모두에게 비슷해 보이지만 전혀 다르게 보이는 그 무엇이기도 하고, 때로는 기쁨과 행복을 가져다주기도 하지만 고통과 불행을 안기기도 합니다.

　인간의 발걸음은 무궁화꽃이 피었다 지고 다시 피듯이 술래의 눈치를 보고 한걸음 한걸음씩 앞으로 전진합니다. 술래가 언제 뒤돌아볼 것인가는 술래만 알 수 있습니다. 우리 모두는 어머니 품속에서 태어나 이 세상에 첫발을 내딛는 것은 같은 출발선입니다. 시간이 주는 출발 신호에 따라 누구는 한 걸음, 누구는 두 걸음, 누구는 제자리에서 움직이지 못하고 그대로 멈추어 세상의 험한 풍파를 헤치며 눈치껏 발걸음을 뗍니다.

　발걸음은 우리로 하여금 타인과 접촉하게 하고 관계를 맺게 하지만 어느 순간 모든 것을 다 부질없게 만들기도 합니다. 삶은 우리에게 분별을 요구하지만 우리는 분별없이 그냥 인생을 살아가는 것도 또 다른 인생을 사는 방법입니다. 인생을 사는 것은 자신의 의지로 사는 것일 수도 있고 그냥 태어났으니 운명이라고 믿고 살 수 있습니다.

이렇든 저렇든 결과적으로는 나의 인생이 만들어집니다. 가능하다면 자신의 의지로 걷는 길에 기회의 가능성이 존재하고 자유로움이 보장되고 자신의 인생을 자신이 만들어 내며 삶을 관조하는 나그네가 되기도 할 것입니다.

출발은 같았습니다… 무궁화꽃이 피었습니다

사람은 누구에게나 자신만의 인생이 있고 그것을 더욱 감동적으로 만들 수 있는 생각이라는 선물을 안고 태어났습니다. 생각한다는 것은 삶의 여정 가운데 잠시 멈춰 서서 지금 내가 어디쯤 와 있는지 그리고 어디로 가고 있는지를 헤아리는 훈련입니다. 자신의 생각을 소중히 여기고, 자신의 마음 속에서 우러나오는 나만의 길을 찾아내는 것이 자유인의 삶입니다.

발걸음을 옮길 때마다 우리를 스쳐 가는 풍경들이 있습니다. 쓰러진 나무를 만나고 눈 덮인 초원을 만나고 황량한 사막을 만날 때도 있습니다. 때로는 피해 갈 수 없는 풍랑을 만나 난파된 배의 조각에 의지해 먼바다에서 생사의 몸부림을 칠 때도 있습니다. 인생은 생명의 탄생이라는 기적을 거치고 변화를 맞이하면서 그 변화의 끝에 죽음이 기다리고 결국은 분해되고 소멸되고 말 것입니다. 이 당연하고 자연스러운 섭리에도 불구하고 머리로는 이해가 가면서도 가슴으로 받아들이지 못하고 어색한 몸짓으로 걸음을 옮깁니다.

시간과 세월을 이길 수 있는 것은 아무것도 없습니다. 시간은 어떤 것에도 아랑곳하지 않고 흘러가 버린 뒤 결코 원래의 자리로 돌아오지 않습니다. 시간은 그 흐름의 시작과 끝을 볼 수도 없고 알 수도 없습니다. 쏜살같이 왔다가 흔적도 남기지 않고 사라져 버리는 시간, 그래서 우리는 순간마다 무방비 상태로 아무 준비 없이 술래가 보지 않게 내일로 발걸음을 옮깁니다.

그 결과 우리에게 남는 것은 지나간 시간에 대한 회상뿐이고 나의 정체성을 만들어 주는 것도 시간 속에 묻혀 있습니다. 무궁화꽃이 피기도 전에 나는 길을 잃어버리고 발걸음을 떼어 놓지 못합니다. 그러나 아무것도 시도하지 않고 목표점에 도달할 수는 없습니다. 그것은 어떤 의미에서 인생의 더 큰 실패일 수도 있습니다.

다행히 인간은 저마다 어두운 숲속에서도 앞이 보이지 않은 동굴 속에서도 살아남을 수 있는 생존 장비를 지니고 있습니다. 그것은 언제나 나를 바라보고 응원하고 기도하는 가족이라는 달빛이 있습니다. 달빛의 보호 아래 어둠에서, 동굴에서 빠져나와야 하며 다시 세상과 마주하게 됩니다. 세상 속 공간에서 저 너머의 세계를 경험하기 위해 발걸음을 옮길 차례입니다.

달빛이 내 걸음을 비추고 구름이 나를 숨기고

웨스트버지니아의 55번 도로를 따라가다 보면 다리를 가로지른 로스트 리버의 물줄기가 잃어버림의 아쉬움을 앉고 무심이 흐르고 있습니다. 꿈속 같은 안개가 그리움처럼 찾아 들고 한참을 망설인 후 산기슭의 깊은 계곡으로 떨어집니다. 산허리 반대편 외딴 마을에 사랑하는 가족의 식탁을 준비하는 불빛이 나타나며 난로에 불을 지핀 잿빛 연기가 창백함을 묻혀 내일을 향해 피어오릅니다.

병풍처럼 이어진 서쪽 능선에 하염없이 피를 뿌리던 붉은 해가 커다란 시계의 초침이 2에서 3으로 떨어지듯 멈칫멈칫 망설이듯 떨어집니다. 가만히 귀 기울이면 바람이 전하는 맑고 끝없이 펼쳐진 외로운 길은 인간의 약속을 거부하고 있습니다.

떨어진 석양을 등에 업고 이제는 내가 술래가 되어 나는 리

듬에 맞춰 외쳐 보았습니다. '무궁화꽃이 피었습니다.' 그 소리는 점점 빨라졌고 속이는 자와 속지 않으려는 자, 시치미를 떼는 자와 시치미를 떼지 못하게 하려는 자, 전진하려는 자와 정지를 시키려는 자의 눈치 싸움이 이어지고 결국엔 모두 거친 숨을 몰아쉬고 내가 나로 존재하지 않고 나를 삶의 주인으로 두지 못한 채 집으로 돌아갑니다. 우리의 삶은 근심과 아픔 속에 무궁화꽃은 피고 인생은 저물어 갑니다.

침묵

그런게 아닙니다

흘러가는 것입니다

침묵한다고 서 있는 것이 아닙니다

내 사고와 내 운명이

침묵 속에 잘려 나가도

절뚝이며 달려오다가

허리를 굽혀 망설이고 있습니다

침묵한다는 건

소리 없는 양심입니다

외로움은 침묵입니다

슬픔도 침묵입니다

반란도 혼돈도 없이

아침이면 옹색한 생각에

나는 가끔 죽어 있는 내 모습을 봅니다. 원래 나의 모습은 소주잔을 기울이며 야한 농담도 스스럼없이 하고 편한 애정 영화나 이글스의 호텔 캘리포니아 같은 편안한 음악을 듣는 것이 살아있는 내 모습입니다. 사실은 프루스트나 카뮈, 장자를 읽을 수 있는 소양이 없습니다.

뉴욕의 브로드웨이에서 오페라를 보며 감동하여 눈물을 흘리고 비싼 고급 양주를 마시면서 어울리지 않는 행동과 어색한 몸짓은 나의 죽어 있는 모습입니다. 내가 생각하는 죽은 삶이란 '척하는' 삶입니다. 나를 포함한 죽어 있는 사람들의 특징이 모두 '척하기'의 달인들입니다. 행복한 척, 즐거운 척, 괜

찮은 척, 아무렇지 않은 척, 아는 척, 있는 척, 필요에 따라서
는 반대로 불행한 척, 괴로운 척, 불편한 척, 무슨 일이 있는
척, 모르는 척, 없는 척, 한편으로 생각해 보면 척하기의 달인
이 아니라 연기의 달인이라는 생각이 들기도 합니다.

나는 솔직히 행복이 무엇인지, 더군다나 행복에 이르는 길
과 방법은 알지 못합니다. 그러나 적어도 불행에 이르는 길은
'척하기'의 불편한 진실은 알고 있습니다.

침묵한다는 건 세상을 향한 소리 없는 양심

어느 바람 부는 날 뒤를 돌아보니 내가 그토록 간절하게 지
켜왔던 내 꿈이 산산조각나 있음을 발견하게 되었습니다. 지
금껏 내가 원하는 삶은 그 어떤 것이든 마음을 다해서 가슴이
시키는 대로 사는 삶이었습니다. 그 명령에 충실할 수 있다면
괴로움이든 기쁨이든, 밖에서든 안에서든, 높은 곳과 낮은 곳
을 가리지 않고 제대로 산다는 것이라고 믿었습니다.

설령 나쁘고 마음에 들지 않는 일이라고 하더라도 마음이
선택한 것은 의미 있고 가치 있는 일일 것이라고 생각했습니
다. 때로는 옷을 입은 채 물에 들어갈 수도 있고 옷을 벗고 들
어갈 수도 있는 것이 인생이라고 생각했습니다. 릴케의 분부
대로 인생을 이해하려는 시도를 멈추고 순간순간 일어나는

그대로, 길을 걷는 어린아이가 바람이 불 때마다 몸을 움츠리고 꽃잎이 떨어지는 모습을 받아들이듯 그냥 느끼는 대로 살면 되는 것이라고 믿었습니다. 소리를 내기보다 침묵으로 받아들이고 이해하려고 노력하는 것이 세상을 향한 양심이라고 생각했습니다.

내가 침묵하는 이유는 갖가지 이유를 들어 설명해도 소용없고 매일 같이 다른 내 모습을 보여줌으로써 내 생각이나 행동의 정당성을 인정받을 수 없기 때문입니다. 사실 내면이라는 것은 고정된 것이 아닙니다. 그러나 나뿐만이 아니라 다른 사람의 마음도 좋은 쪽으로 고정시키면 좋게 느껴질 수 있는 것처럼 나는 나에게 최대한 관대하고 유리한 방향으로 살아왔습니다.

내가 우선이 되는 것, 외로울 때도 슬픔이 나의 하루를 헤집고 지나가면 잊혀지리라 생각했습니다. 하지만 그것은 내가 스스로 행복을 느끼는 것이 무엇보다 중요하다는 착각에서 시작된 오류였습니다. 진정한 살아 있음이란 나와 비슷한 생각을 가지고 비슷한 수준의 타인과 협력하고 균형 있게 살아가는 모습이라는 것을 이제 조금 알 것 같습니다.

침묵한다고 서 있는 것 아냐… 흘러가는 것

사회적인 시선이나 기준은 고정된 것은 아닌 것 같습니다. 사람들이 흔히 말하는 유익한 것이 때로는 나에게 무익한 것일 수도 있고, 다른 사람이 가치 없다고 여기는 것이 때로는 나에게 가치 있는 일이 될 수도 있습니다. 내가 나를 판단할 때도 마찬가지입니다. 어렸을 때 요구되었던 것들이 지금은 요구되지 않기도 하고 예전에는 좋은 태도라고 생각했던 것들이 변하지 않으면 안 되는 것으로 바뀌기도 합니다.

누구나 마음속에 빛과 어둠이 공존합니다. 빛은 떳떳하고 긍정적입니다. 반대로 어둠은 타인에게 숨기고 싶은 잘못 따위가 쌓여 있는 비밀스러운 공간이기도 합니다. 남에게 보이고 싶지 않은 어두운 구석은 타인에게는 몰라도 나에게는 언제나 빛보다 더 큰 힘을 발휘하기도 합니다. 내가 가진 것을 더욱 가꾸고 사랑하는 것, 가까운 주위를 둘러보는 것, 멀리 있는 사람이 아니라 지금 함께할 수 있는 사람에게 무한히 감사해야 합니다.

다름을 받아들이는 것은 결코 힘든 일이 아닙니다. 왜 달라졌는지 이해할 수 있다면 차이점은 오히려 상대방을 이해할 수 있는 좋은 계기가 될 수 있습니다. 이에 더해 어쩌면 지금까지 생각해보지 못했던 이색적인 즐거움과 행복감을 찾을 수 있을지도 모릅니다. 그러한 이유는 오랜 시간을 이어온 만남이라도 저마다의 생각과 환경들이 변한 것을 헤아려 서로 다른 생각과 다른 삶을 더욱 존중하는 관계로 변해야 합니다. 다시 말해 세월이 흐르면서 친밀해지는 만큼 더욱 존중하며 이해하는 태도로 서로를 대해야 합니다.

감정을 드러내는 것은 큰 용기가 필요하고 때로는 사소한 오해나 거친 분노를 부를 수도 있습니다. 하지만 잔잔하기만 한 바다는 스스로 정화 능력이 없듯이 햇빛에 비치는 수면의 모습이 아무리 아름다워도 그 밑에 물고기가 살아가기 위해서는 태풍이 일어 바다가 뒤집히는 충격이 필요합니다.

내가 진심으로 옳다고 생각했던 것들, 그래서 남들이 틀렸다고 생각했던 것들이 시간이 지나면 달리 보일 때가 있습니다. 나도 변하고 그 사람도 달라지고 흘러가는 시간 속에서 상대방의 관점이 달라지고 그렇게 변할 수밖에 없는 것이 세상사이기 때문입니다. 이해와 용서는 끝없는 기다림 이고 살아 있는 양심입니다.

제4부

Largo

아픔을 위하여

—

나는 아픔이 부족해
엄지발톱에 상처를 냈다

나는 배고프지 않아
물만 먹고 굶기로 했다

나는 외롭지 않아
산길만 걷기로 했다

아파 본 사람만 아픔을 알고
배고파 본 사람만 배고픔을 안다
외로운 사람은
언제나 목이 마르다

가을에 떠나 본 사람이 가을을 만나듯
외로워서 외로워서
또 외롭고 싶다

나는 아픔이 부족해
엄지발톱에 상처를 냈다

지나치게 아름다운 경치를 볼 때 경치가 슬픔을 가져다주는 경우가 있습니다. 때로는 즐거움이 넘치는 시간 역시 갑자기 허무와 슬픔이 찾아올 때도 있습니다. 또한 그 감정을 받아들이기 힘들어 어김없이 또 다른 즐거움을 찾기도 합니다.

한낮의 생활에서 벗어나 일상이 마무리되는 밤은 극한의 기쁨과 슬픔이 반복되는 시간이고 새벽은 슬픔을 잊기 위해 또 다른 즐거움을 부단히 찾아야 하는 시간입니다. 외로움이 기쁨이 되고 아픔이 행복해질 때도 있습니다. 너무 즐거울 때는 슬픈 음악을 들으며 슬픔을 억지로 만들기도 하였습니다. 아픔을 만들기 위해 억지로 발톱을 깊게 깎고 피를 철철 흘리며 아픔을 즐길 때도 있습니다.

삶은 우리에게 쾌락과 행복을 가져다주기도 하지만 고통과 불행을 낳기도 합니다. 더욱이 서로 다른 관계 사이에 배분이 정확히 어떻게 되는지는 아무도 모릅니다. 삶은 우리로 하여금 타인과 접촉하게 하고 관계 또한 맺게 만들지만, 어느 순간 이 모든 것을 다 부질없는 생각을 만들기도 합니다. 부질없는 생각은 우리에게 분별을 요구하지만 우리는 분별없이 그

저 다가오는 삶을 맞이하며 살게 됩니다.

삶은 흘러가고… 외로운 사람은 목이 마르다

이성을 중심에 두는 것이 아니라 모두 버려버리고 수직적인 것보다 수평적으로 행동하는 것이 절대적으로 행복해지는 것이라고 생각한 적이 있습니다. 삶은 우리 앞에 쉼 없이 흘러갑니다. 그 속에서 매번 삶에 대한 의식을 가지고 사는 일은 그리 쉬운 일은 아닙니다. 그럼에도 아무것도 궁리하지 못하고 억지에 떠밀려서 살아가는 존재로는 살고 싶지는 않습니다.

매일 매일의 하루를 되찾는 생활을 함으로써 비로소 즐거운 것과 좋은 것의 차이를 알 수 있습니다. 다른 사람이 아무리 즐거운 일이라고 말해도 겪어보고 느껴보지 않으면 무엇이 즐거운 일인지 아닌지는 알 수 없습니다. 배고파 본 적 없는 사람은 배고픔의 고통을 모르고, 실연을 당해보지 않은 사람은 그리움을 알 수 없듯이 내가 직접 겪어봐야 그것이 행복한 일인지 기쁜 일인지 불행한 일인지, 하기 싫은 일인지 알 수 있습니다. 마음만이 아닌 행동을 함으로써 느껴지게 되고 때로는 행동이 마음을 다가가는 것이 아니라 마음이 행동을 따라가기도 합니다.

살다 보면 자의가 아니라 타의에 의해서 움직이는 나를 만날 때가 있습니다. 그런 시간은 삶 속에 내가 없는 기분이 들기도 합니다. 내가 중심이 아니라 주변의 환경에 머무는 것처럼 느껴지기도 합니다. 내 마음보다 타인의 편을 위하여 사는 것도 내 삶의 일부임을 인정하지 않을 수 없습니다. 사람들이 나에게 보인 관심이 얼마나 의미 없는 것인지는 그들이 집으로 돌아가고 그들의 관심에서 멀어지기 시작할 때 그때 깨닫게 됩니다.

그럴 때, 어쩔 수 없는 상황이라고 이해하려 하지만 그럴수록 자포자기 상태로 이끄는 것과 함께 더 많은 생각과 고민을 하게 만듭니다. 삶이 내 의지대로 이루어지지 않는다고 느낄 때 더욱 강한 의지를 갖게 되고, 부득이 함에 나를 맡기는 순간 순응보다는 돌파하려는 욕구가 더 커지기도 합니다.

때로는 행동이 마음을 따라가게 하는 것이 아니라, 마음이 행동을 따라가게 하는 것이 더 나을 때가 있습니다. 그렇게 하면 마음이 행동을 따라서 저절로 맑아지고 편안해집니다. 그리고 마음이 맑아지면 나에 대한 이해도 조금은 분명해지기도 합니다.

나는 아픔이 부족해 엄지발톱에 상처를 냈다

인간은 스스로 받아들일 수 있는 진실만 있어도 평정을 잃지 않고 침착하게 살아나 갈 수 있습니다. 하지만 스스로를 부정하거나 받아들일 수 없다면 분명 실제로 존재하더라도 허위라 불리는 것들을 부정하는데 온 힘을 쏟아내야 합니다.

삶의 기술은 성장하면서 지금까지 익혀온 내 삶의 주제입니다. 인생의 기술이라는 개념이 원시시대부터 만들어져 승계되어왔지만, 나이 듦의 자연적 의미에서 발전되어 왔습니다. 이것은 인간이라고 불리는 교만하면서도 민감한 작은 피조물에 대한 자연의 배려일 수 있습니다. 자연은 생명을 소멸시키고 새로운 생명을 생성해 내면서 생명의 성장을 돕고 경험을 이어 전달하고 새로운 경험을 만들어 내기 위하여 시간은 그렇게 머물 듯 흘러갑니다. 꽃이 오랫동안 저 자신과 다른 꽃들을 위해 계속 피었다가 지는 이유와 같은 이치입니다. 나는 과연 그럴 수 있을까요?

아파 본 사람만이 아픔의 희열을 만날 수 있고 외로워 본 사람만이 그리움의 본심을 이해할 수 있습니다. 어차피 삶은 끊임없이 굴러떨어지는 바위를 산꼭대기로 다시 밀어 올려야 하는 아픔과 외로움의 작업이기 때문입니다.

풍경

—

나는 거실에 앉아 창을 본다
창은 다층의 언어로 숨결을 내뿜고
광장은 매번 다른 얼굴을 꺼내어
세계의 다성(多聲)을 풀어놓는다

창은 위선이 아니었다
그 틈새의 위와 아래, 빛과 어둠은
서로를 나누며 동시에 받아들인다
교만히 서 있어도, 창은 흔들리지 않고
오직 투명한 진실의 침묵으로 노래한다

그러나 나의 눈은 작고
그 작음 속에서 세계는 축소된다
나는 보이는 것을 숨기려 애쓰고
숨겨진 것을 더욱 깊이 감추며
책임 없는 무게로만 살아간다

거울은 다른 진리를 건넨다
욕실 벽에 붙은 그 하나의 평면은
빛이 닿는 만큼 정직하고
거짓이 없다면 그대로 투명하다

거짓은 거짓이 아닐 수 있고
진실은 진실이 아닐 수 있다
반사된 풍경은 나이면서 내가 아니고
보이는 것은 나를 속이며 또 속인다

이 끝없는 이야기의 심연 속에
나는 창과 거울 사이에 서 있는 존재
보이는 것과 숨겨진 것의 경계에서
스스로를 끝없이 묻는 하나의 그림자

　　친구들과 송년파티를 했습니다. 한 해를 돌이켜 보고 부족했던 일들에 대해 반성하고 새롭게 다가올 새날에 대해 기대와 함께 새로운 각오로 다짐합니다. 매년 같은 마음과 비슷한 각오를 가지고 살았지만, 한 해의 끝자락에서 지나온 시간을 뒤돌아보면 언제나 똑같은 후회와 아쉬움에 잠기게 됩니다.

　새해마다 새로운 결심으로 새로운 날을 살기를 원한다 해도 새로움은 세상 밖에서 만들어지는 것이 아니라 내 안에서 만들어집니다. 그 새로움의 원천은 나의 마음에 달린 것입니다. 분명한 것은 자신을 바꾸지 않고는 내 주변의 환경은 절대로 변하지 않는다는 사실입니다. 나의 문제를 나의 결정으로 풀지 않는다면 어떤 환경도 내 자신을 만족시켜 줄 수 없습니다. 내가 오늘 아무렇게나 써버린 하루는 어제 죽은 사람에게는 영원히 다가올 수 없는 시간이라는 사실을 기억하며 ‘내가 원하던 삶은 이게 아니야’를 외치며 다짐해 보아도 자신이 발 디딘 땅을 결국 떠나지 못하고 습관처럼 반복한다면 그 자리를 벗어날 수 없습니다. 돈도 없고 먹고살 길도 없다는 것이 고통의 원인이라고 변명하며 진실을 감춰 보아도 그것만으로 행위의 정당성을 인정받을 수 없습니다. 어쩌면 이 역겨운 마음과 돌아보고 싶지 않은 땅으로 돌아올 수밖에 없는 일은 그 세상에 익숙해져 있기 때문이고 역겨움을 견디는 것 역시 저 황량한 세계에 홀로 던져지는 두려움보다 더 익숙하기 때문일 수 있습니다.

　무엇인가에 집착하게 되면 어쩔 수 없이 그 집착하는 것이 나에게 도움이 되느냐 아니면 위험이 되는지 가늠하게 되고 마음을 쓰게 됩니다. 탐욕에 가득한 사업가가 돈벌이에 관계되지 않는 것에는 관심이 없듯이 내가 집착하는 대상 이외의 것에는 아무런 흥미도 없기 때문입니다.

삶과 죽음… 나는 거실에 앉아 창밖을 본다

나에게 물어봅니다. 자연과 나무와 땅과 풀, 하늘과 바람과 구름과 태양과 꽃과 새들과 얼마나 접촉하며 살고 있습니까? 얼마만큼 자연과 자연스럽게 만나고 있습니까? 얼마만큼 자연과 이야기를 나누고, 관찰하며, 경이로운 마음으로 자연을 묵상하고 자연과 하나되어 자신의 생명력으로부터 접촉하여 자연의 소리에 귀를 기울이고 육체의 지혜가 인도하는 대로 따르고 있습니까?

하지만 물음에 대한 나의 답변이 옹색하기만 합니다. 아침에 일어나 새들이 노래하는 아름다운 곡조를 사각의 창문을 통해 전해 듣는 일, 온화한 여름날 저녁 바람 곁에 실려 오는 잔디를 베어낸 풀의 향기를 맡는 일, 마른 가을 낙엽 사이를 천천히 걷는 일, 함박눈을 바라보며 집 안의 온기를 오롯이 몸을 내어 맡기는 일은 나를 자연스럽게 만들고, 생각이라는 창을 통해서 전해지는 이 소박한 행복이 언제 끝날지 정해진 것은 아니기에 지금의 나에게는 더욱 소중해지는 행위들입니다.

우리에게는 어리석음을 이겨낼 힘이 부족합니다. 때로는

비겁해서 피하려 하고 자신의 부족한 부분을 감추려고 하고 숨으려고 합니다. 삶의 연관성과 반복에서 오는 규칙성의 일면을 이해한다고 해도 타인이 내 삶을 들여다보는 것처럼 침착하게 자신을 들여다보고 솔직히 인정하는 것이 내 삶의 균형을 이룰 수 있는 방법이 될 수 있을 것입니다.

혼자 걸어 나간다는 것은 다른 사람이 준 공식을, 책에서 배운 공식과 자신의 과거에 비추어 스스로 만든 모든 공식 들에서 떠남을 뜻합니다. 알지 못하는 곳으로 아무런 공식의 보호도 없이 걸어 들어가는 일은 어쩌면 인간이 할 수 있는 일 중에서 가장 무서운 일인지도 모릅니다. 보는 눈이 작아서 지적 영역을 벗어나 감각적인 것, 본능적인 것, '영적인 것 안에 포함된 갖가지 수많은 의미들은 그것이 주는 그 일의 끝에 이르면 사라져 버린다는 사실이 죽음과 함께 명백하게 다가옵니다.

보이는 것과 숨겨진 것의 경계를 찾는 그림자

실화를 바탕으로 한 소설 올리버 색스(Oliver Sacks)의 《보이는 것과 보지 않는 것》(To See And Not See)을 원작으로 한 '사랑이 머무는 풍경'이라는 영화에서는 '시각 장애인과 비장애인 사이의 사랑을 넘어 지금 내가 보고 있는 것이 전부일까' 하는 질문을 제기하고 있습니다.

눈으로 볼 수 있는 것만 믿는 사람은 보이지 않는 것의 깊이를 이해하기 어렵고, 타인을 자신의 잣대로만 보는 사람은 자신의 모습을 결코 볼 수 없습니다. 영화 속에서 시각 장애인은 비장애인 애인에게 이렇게 말합니다. "진정한 자신을 보게 되면 정말 많은 것을 본 셈이 되죠, 그건 눈이 없어도 됩니다. 자신이나 타인 또는 인생의 진정한 모습을 제대로 보지 않으면 그건 암흑 속에서 사는 것과 같습니다. 그건 수술로도 고칠 수 없죠."

사회적인 시선이나 기준은 고정된 것이 아닌 것 같습니다. 사람들이 흔히 말하는 유익한 것이 때로는 나에게 무익한 것일 수도 있고, 다른 사람들이 가치 없다고 여기는 것이 나에겐 가치 있는 일이 될 수도 있습니다. 내가 나를 판단 할 때도 마찬가지입니다. 어렸을 때 요구되었던 것들이 지금은 요구되지 않기도 하고 예전에는 좋은 태도라고 생각했던 것들이 변하지 않으면 안 되는 것으로 바뀌기도 합니다.

삶은 그렇게 제 길을 따라 진행되어 갑니다. 가끔은 지루함 같은 것도 생기지만 모든 것은 이미 다 보아서 알고 있는 것이며 특별한 것은 없기 때문입니다. 그렇게 맑아진 마음은 나에 대한 이해도 조금은 분명해지기도 합니다. 어른이 된다는 것은 내키는 대로 사는 것이 아니라 점점 더 많은 책임과 역할이 주어지는 과정입니다. 때로는 자의가 아니라 타의에 의해서 움직이는 나를 만날 때가 있습니다. 그런 날은 삶 속에 내가 없는 듯하고 내가 중심이 아니라 주변에 머무는 것처럼 느껴지곤 합니다.

인생의 파도는 쉬지 않고 끊임없이 밀려옵니다. 이 파도를 넘어 헤쳐 나갈 것인지 아니면 심연의 고요함에 있을 것인지는 전적으로 나에게 달려 있습니다. 이제는 좀 더 느려지는 것, 내가 가진 힘을 경제적으로 분배하는 것, 스스로에게 관용을 베푸는 것, 어쩌면 그 이전보다 더 많이 홀로 있는 것, 살아온 인생을 곰곰이 생각하는 것, 그리고 더 이상 먼 미래가 아닌 죽음을 떠올려 보는 것을 배워가야 할 때입니다. 마음의 평정을 가진다는 것은 한발 물러서서 내 마음을 거울 속에 비쳐 볼 때 비로소 올바른 모습이 보입니다. 그렇게 바라본 거울 속에는 내 눈이 작아서 내 눈으로 확인하지 못한 세상의 이야기가 감춰져 있습니다.

\# 길 위에서

—

붉은 노을을 타고

산을 돌아 또 돌아

여문 하늘에 길을 비추고

손님같이 어색한 몸짓

오늘 돌아온 길

술취한 듯 무거운 걸음걸이

나를 붙잡고

놓아주지 않은 그 길

그 길에

눈시울 젖은 때도 있었고

돌아오는 마음마다

말하지 않은 쓸쓸한 그늘 짙게 하였지만

내가 가지 않은 길을 길이라 말할 수 있는 길은 없습니다

어떤 쓰라린 길도

내게 물어보지 않고 걸어온 길은 없습니다

인간은 살아있는 날까지 알 수 없는 시간을 따라서 길을 걷게 됩니다. 그 길이 아름다운 길일 수도, 위태하고 험난한 길일 수도 있습니다. 길의 양옆에 무슨 풍경이 펼쳐져 있고 그 길의 끝에는 무엇이 존재하는지 전혀 알지 못한 채 운명이라는 이름표를 가슴에 달고 걸어갑니다. 그렇기 때문에 인생길, 다른 말로 사람이 길이라고도 하고 '시간이 길이다'라고 표현되기도 합니다.

그 인생길을 걸어갑니다. 많은 사람들은 누군가가 앞서 걸어서 이미 만들어진 길을 자신이 걸어야 할 길이라고 믿고 무작정 따라서 걸어가기도 합니다. 다른 사람의 삶에 내가 휘둘러서 얹혀가고 무감각하게 끌려가기도 갑니다. 하지만 우리 모두의 삶의 길이 같을 수는 없습니다. 우리가 사용하는 길의 이름이 다르고 풍경이 다르듯이 바다를 풍경 삼아 가는 길이 있고, 산길을 따라 가는 길, 지름길, 일방통행 길 등이 있는 것처럼 각자의 삶에 어울리는 길로 가야 합니다.

내가 선택한 그 길이 정답이 아닐 수도 있습니다. 하지만 내가 선택한 나답게 살아가는 길 만이 자신의 여정을 아름답게 만들 수 있습니다. 용기 있고 자유로운 자는 자신의 의지를 담아서 걸을 수 있습니다. 자유롭게 걷는 길은 기회와 가능성이 존재하고 길을 따라 걸으며 새로운 자신의 발자국을 만들

어 내며 자신의 인생을 만들며 삶을 축적하는 나그네가 되기
도 합니다.

제법 짧지 않은 길을 걸어왔습니다. 이쯤에서 걸어온 길을
뒤돌아 보면 후회와 아쉬움이 물밀듯이 다가오기도 합니다.
하지만 과거는 이미 지나간 시간이고 미래 속에는 알 수 없는
무언가 가 숨어있습니다. 미래에 어떤 생각을 하고, 어떻게 행
동하며 사느냐는 선택의 문제입니다. 그러므로 아직 가보지
않은 나의 인생길에 조금 두려움이 있어도 내 선택의 힘을 귀
하게 여겨서 가지 않으려 머뭇거리기보다는 자연스럽게 걸어
가야 할 것 같습니다.

군에서 무장 구보를 하거나 행군을 하다 보면 눈으로 보기
에는 신체적 능력이 월등해 보여 도저히 낙오할 것 같지 않은
사람이 낙오하고, 반면에 왜소하고 보잘 것 없이 보여 누가 봐
도 완주할 수 없을 것 같던 사람이 목적지까지 우수한 결과로
임무를 완수하는 경우가 많이 있습니다. 걷는 것과 달리는 것
은 인간의 제2의 천성으로서 개인의 스타일이 본질적으로 태
어날 때부터 각자 선천적으로 타고난 체력 수준에 따라 결정
되기도 하지만 후천적인 노력과 더불어 마음가짐이 중요하다
고 합니다.

우리의 인생길도 이와 비슷한 듯합니다. 삶이란 겉으로 보

면 비슷하지만 행동하고 대하는 태도는 사람마다 충분히 다를 수 있다고 생각합니다. 똑같은 경험을 하더라도 삶을 음미하고 그 속에서 가치를 찾아가는 일은 내가 행할 수 있는 자연스러운 일입니다.

세상의 부자연스러움… 손님같이 어색한 몸짓

골프에 입문해서 레슨을 받아 보면 티칭 프로에게 처음으로 듣는 말이 있습니다. 몸에서 힘을 빼라고 합니다. 그런데 힘이 무엇인지는 알겠는데 몸에서 어떻게 빼야 하는지를 알기란 무척 힘든 일입니다. 오죽하면 '힘 빼는데 걸리는 시간이 최소한 삼 년'이라는 말이 있을 정도입니다. 프로 선수들이 시합 전에 하는 훈련에는 기술적인 보완과 함께 '몸에 힘을 빼라. 어깨에 힘을 빼고, 팔에 힘을 빼고, 손에 힘을 빼라'는 이미지 트레이닝으로 자기최면을 건다고 합니다.

그런데 이 모두에 힘을 빼려면 어떻게 해야 할까요. 심리 전문가의 말을 빌리면 제일 먼저 마음에 힘을 빼라고 합니다. 자꾸만 어깨와 팔에 힘이 들어가는 건 욕심 때문이고. 승부에 대한 집착 때문이라고 합니다. 그런데 물음이 생기게 됩니다. 목표를 갖고, 화이팅을 품어야 더 멋진 샷이 나오는 게 아닐까? 그래야 목적을 달성할 수 있지 않을까? 그런데도 왜 티칭 프로들은 거꾸로 힘을 빼라고 하는 걸까. 그 말에는 분명한 이유가 있다고 합니다. 힘을 주면 오히려 거리가 줄고 정확도가 떨어지기 때문이고, 욕심이 들어가면 몸이 굳고 폼이 흔들려 샷이 망가지는 까닭입니다. 힘을 빼는 문제는 골프만의 문제가 아니라 우리의 삶에서도 그대로 적용이 되는 것 같습니다.

손님으로 누군가의 집에 방문하게 되면 어색하고 행동에 힘이 들어가며 부자연스러워집니다. 음식을 먹거나 화장실에 가거나 무엇을 해도 편하지 않습니다. 어쩌면 나는 이 세상을 방문한 주인이 아닌 손님이기에 어디서나 힘이 들어가고 부자연스러운 행동으로 불편하고 살고 있는 것 같습니다.

내가 가지 않은 길을 길이라 할 수 없습니다

우리의 일상 가운데에도 힘이 너무 많이 들어가서 힘들게 살아가야 하는 순환의 고리가 있습니다. 욕심을 부리고 너무 커다란 목표를 세우고, 가지고 움켜 지려는 욕망 속에서 발버둥 치며 힘을 빼지 못하고 착각 속에서 피곤하게 살아가는 모습입니다.

나이와 경제적 능력이나 건강 등을 고려하지 않고 커다란 집을 소유하고 남에게 힘을 과시하기 위해 좋은 차를 타려고 하고 유명상표의 옷으로 몸을 감싸서 경제력을 과시하며 사는 건 아닌가요? 사랑도 마찬가지입니다. 사람들은 묻습니다. "어떻게 집착 없는 사랑이 가능한가. 집착이 있어야 사랑도 있는 것 아닌가." 그런데 그건 작은 사랑입니다. 어찌 보면 사랑의 가면을 쓴 욕망일 수 있습니다.

우리는 종종 사랑이란 이름으로 자신이 집착하는 바를 자식에게 강요하기도 합니다. 주위를 둘러보면 쉽게 알 수 있습니다. 그 결과는 대개 좋지 않습니다. 반면 자식을 지혜롭게 키우는 부모나 사랑 속에 성장한 자식들은 세상 속의 빛과 소금으로 자신의 역할에 충실하며 정성으로 살아가고 있습니다. 그것이 예수님이 말씀하신 '머무는 바 없이 마음을 내는' 사랑과 통함이라는 생각이 듭니다.

우리의 마음이 무언가를 틀어쥐고 있을 때는 들리지 않습니다. 신의 음성도 들리지 않습니다. 그걸 내려놓을 때 비로소 신의 음성이 들립니다. 집착 없이 마음을 내려놓는 이에게 하나님 나라가 드러나는 법입니다. 그래서 예수님은 자꾸만 강조하셨나 봅니다. 행복하여라, 마음이 가난한 사람들! 하늘나라가 그들의 것이다.

난생

—

안경에 매달린

우리의 시간은

구체화 되지 못한 시력으로 세상을 보는데

여기 알에서 깰 수 있는 방법을 몰라

답답하고 비좁은 공간 속에서

아파하며, 아파도 치유할 수 없는

설움으로 사는 나는

어둠에 거꾸로 붙어

비겁의 상징이 되었다

그렇게 익숙해진 습관에 따라

무능한 방법으로 세상을 산다

사상은 항시 술에 취해 비틀거리고

오늘 밤에도

욕정에 반도 안 될 수음도 이루지 못한 채

아침을 맞고

  사람마다 삶을 살며 이루고 싶은 목표가 다릅니다. 누군가는 풍요로운 삶의 여유를 원하고, 누구는 명예로운 직업으로 사는 뿌듯한 삶을 원합니다. 개인이 생각하는 만족스러운 삶, 성공한 삶의 모습은 사람마다 다를 수 있습니다.

  우리들은 일상 속에서 가치와 행복을 찾을 수밖에 없습니다. 지식을 얻는 탐구, 관계를 이어가고 싶은 마음, 미래를 계획하고 좋은 방향으로 가기 위해 고민하는 태도 등 나름의 순서를 정하여 지키려고 노력하며 살지만 언제나 찾아오는 결과물은 무능으로 살아가는 나의 모습입니다.

  조지 베일런트(George Eman Vailant, 1934~)는 자신의 저서 《행복의 조건》에서 성인 발달 연구를 바탕으로 인간의 행복과 건강한 삶의 조건이 무엇인지를 밝히고 있습니다. 베일런트는 행복의 중요한 요소로 인간관계와 정서적인 건강의 중요성을 강조합니다. 가족과 친구, 소속된 공동체 속 인간관계는 물론 미래 지향성, 감사와 관용, 정서적 안정, 신체적 안정, 자아 존중감, 사회적 참여를 제시하지만, 그중에서도 책

을 읽고 긍정적인 사고방식으로 고난을 극복할 수 있는 사람
이 행복하다고 밝히고 있습니다.

이는 행복한 삶을 누리는 데 중요한 것은 내가 어떤 삶의
가치로 사는가, 어디에 마음을 두고 사는가의 문제가 가장 중
요한 행위라고 말합니다. 요람에서 무덤까지 환경적인 영향을
무시하고 살 수는 없지만 환경이 행복의 전부가 될 수는 없습
니다. 자기 앞에 주어진 삶은 각자가 짊어지고 감당해야 할 무
개입니다.

우리는 상품성에 따라 사람의 가치를 따지고 평가합니다.
우리가 사는 세상엔 돈과 상품 그리고 권력만 보이고 사람이
없습니다. 체제와 이념만이 존재하며 나는 없고 가면을 쓰고
그 위에 안경 쓴 사람들만 보입니다. 분홍빛 렌즈의 안경을 쓰
면 분홍색이, 검은 렌즈의 안경을 쓰면 검은색으로 보이는 것
은 당연합니다. 최대한 투명하게 볼 수 있는 안경을 통해 세상
을 바라보아야 하는 이유입니다.

어둠에 거꾸로 붙어… 비겁의 상징이 되었다

아무리 작은 것에도 뒤지지 않으려는 마음은 삶을 돌아보
고 음미할 수 있는 시간마저 잃게 만듭니다. 자신을 잃어버리
고 남보다 앞서는 것에만 마음을 쓰면 삶의 뒤와 옆을 둘러보

는 여유를 잃을 수밖에 없습니다. 앞만 보고 달려가면 삶이 가진 본래의 허무함을 가중할 뿐입니다. 그림자는 사람이 움직이는 대로 따르는 듯 보이지만, 그 위치와 길이는 사람이 아니라 태양이 정합니다. 심지어 그림자는 구름이 한번 지나가면 내 의지와 상관없이 사라져 버립니다.

세상에는 나보다 앞선 사람이 대부분입니다. 과거를 돌이켜보면 부끄럽고 한심하게 느껴지는 것은 한두 가지가 아닙니다. 나태한 마음뿐만 아니라 나쁜 마음이나 이기적인 생각을 마음속 어두운 창고에 쌓아놓고 있습니다. 부끄러움은 시선을 밖이 아닌 안으로 돌렸을 때 비로소 생기는 감정입니다. 그래서 나의 내면을 들여다보고 나에 대해 알고자 하면 어김없이 수치스럽고, 비겁해서 괴로운 생각이 들기도 합니다.

어디로 갈까… 무능한 방법으로 세상을 산다

인생의 길을 생각해 보면 여전히 막막하기만 합니다. 나이가 들어도 어디로 어떻게 가야 하는지 알 수가 없습니다. 지금 어떤 길로 가고 있는지 앞으로 어떻게 가야 하는지가 아직도 불투명하기 때문입니다. 나이가 든다는 것을 단순하게 받아들이고 그것에 맞서지 않으며, 아름답게 채색하지도 폄하하지도 않고, 삶의 편익과 어려움, 아름다움과 처연함이 만들어 내는 스펙트럼 속에서 나이 들어감을 인정할 수 있었으면 좋겠습니다.

이제 나이를 먹어 어른답지 못한 어른이 된 채로 보기 좋은 큰 길이 아니라 나의 길을 찾아가야 한다고 생각합니다. 왜냐하면 술에 취해 비틀거리는 걸음걸이일 망정, 정처 없이 헤매기보다는 포장되어 있지 않은 길이라도 삶의 방향이 있어야 하는 나이가 되었다는 생각이 들기 때문입니다.

생각은 인생이라는 자신만의 아름다운 집을 짓도록 도와주는 설계도와 같습니다. 사람은 누구에게나 자신만의 인생이 있고, 그것을 더욱 감동적으로 만들 수 있도록 우주는 우리 각자에게 생각이라는 고귀한 선물을 주었습니다. 생각을 한다는 것은 삶의 여정 가운데 잠시 멈추어 서서 지금 내가 어디쯤 와 있는지 그리고 어디를 향해 가고 있는지를 정교하게 헤아리는 훈련입니다.

작은 눈을 위해 시간을 안경 위에 얹혀 놓고

시인 월트 휘트먼(Walter Whitman, 1819~1892)은 《나 자신의 노래》에서 "나는 내 자신을 축하하고 나 자신을 노래합니다. 내가 옳다고 생각하는 것을 당신도 옳다고 생각할 것입니다"라고 했습니다.

인간은 누구나 이 세상에 태어났다가 한평생을 살고 빚진 마음으로 저세상으로 돌아갑니다. 아무리 사회에 봉사를 많이 하고 인류에 도움이 되는 일을 많이 했다고 하더라도 세상을 더럽힌 흔적은 부정할 수 없는 사실입니다.

우리들 모두는 생명으로 왔다가 죽음으로 돌아갈 사람입니다. 그러나 이 땅에 사는 동안 우리는 어디에서 온 사람인지를 망각하고 살다가 온갖 욕망과 이기 속에 살다가 세상이 씌워 준 가면을 쓰고 거짓과 위선 속에서 살아갑니다. 사람은 스스로 받아들일 수 있는 진실만 있어도 평정을 잃지 않고 침착하게 살아 나갈 수 있습니다. 그렇지 않으면 분명 실제로 존재하지만, 허위라 불리는 것들을 부정하는데 온힘을 쏟아야 합니다.

누구나 마음속에 빛과 어둠이 공존합니다. 빛은 떳떳하고 긍정적입니다. 반대로 어둠은 타인에게 숨기고 싶은 잘못 따위가 쌓여 있는 비밀스러운 공간이기도 합니다. 남에게 보이고 싶지 않은 어두운 구석은 타인에게는 몰라도 나에게는 언제나 빛보다 더 큰 힘을 발휘합니다.

매듭 풀기

―

낯선 길 위

어둡고 메마른 도시를 떠돈다

미래로 나아가지만

되돌아갈 시간은 없다

죽음으로 향하는 걸음마다

타협과 비교로 얼룩진 삶

넘어지고 부딪히며 흔들린 사랑은

끝내 단단한 매듭을 남긴다

낯선 곳에서 돌아와

지친 마음을 내려놓는다

엉킨 매듭을 풀고

상처 난 실을 기워

또 다른 만남으로 채운다

친구와의 약속을 위해 조금 이른 퇴근을 하고 메릴랜드에서 약속 장소인 버지니아를 향해 I-495 벨트웨이에 들어섰습니다. 메릴랜드와 버지니아의 경계를 잊는 다리를 넘어가는 차량 후미등의 붉은 빛과 반대편에서 넘어오는 차량 전조등의 밝은 불빛이 고통과 환희의 색 같다는 생각이 들었습니다.

왜, 오고 가고 있는 것일까? 어디로 가고 어디에서 오는 것일까? 무엇을 하고 무엇을 하러 오고 가는 것일까? 사람들은 내가 살아가는 방식대로 이해할 수밖에 없고, 내가 살아온 방식으로 세상을 바라볼 수밖에 없습니다. 하지만 삶은 어떤 방향에서 바라보아도 자신의 생각이 미치지 못하는 사각지대는 있기 마련이고 어쩌면 보이지 않고 미치지 못하는 그곳에 진실이 있을 수 있고 편안함과 안락함이 있을 수도 있습니다.

타협과 비교로 어그러진 삶… 허망한 껍데기

인생이 순식간에 지나가는 것을 아쉬워할 만큼 지금 이 순간 완벽한 행복감을 느끼며 사는 사람이 이 세상에는 몇이나 될까요? 삶은 그렇게 인간에게 호의적이지 만은 않은 것 같습니다. 허무하고 덧없으니 그 무엇도 제대로 하지 못하고 포기해야 할 때가 더 많은 게 삶입니다. 그럼에도 스스로 놓아야 할 것과 지켜야 할 것을 정해서 잘 살아야 하는 것 또한 삶의 한 부분입니다.

세상에는 자신에게 딱 맞는 일도 마음이 딱 맞는 사람도 없습니다. 무언가 부족하고 어딘가 조금씩 어긋나고 뒤틀리고 꼬이는 게 세상의 이치입니다. 세상일 이라는 것이 생각보다 다양하고 천차만별이라 무엇이라고 한 마디로 딱 집어서 규정할 수 있는 게 별로 없습니다. 일부러 그러는 것처럼 우리가 원치 않는 쪽으로 스스로 알아서 흘러갑니다. 나 자신의 의지와는 전혀 다른 상황으로 빨려 들어가기도 합니다. 어느 땐 그렇게 될 것이라고 우려함에도 깊은 수렁으로 빠지게 됩니다.

나를 둘러싸고 있는 나는 그저 허망한 껍데기에 불과할 뿐입니다. 내가 누구인지, 때론 나에 대한 까닭 없는 증오로 가득하여 내 자신을 원망하고 미워하는 시간이 나를 벼랑 끝으로 내몰기도 합니다. 어쩌면 자신이 누구인지 알아가는 것이 아니라 자신이 누구인지 망각해야 하는 여정이 삶의 본질인 지도 모르겠습니다.

삶의 그림자는 햇살을 마주 선 장승처럼 있고

삶이란 내게 있어 시간의 강 위에 내 몸을 띄우는 것과 같습니다. 물길을 따라가다가 물길에 나를 맡긴 채 그냥 흘러가는 것입니다. 때로는 신음하고 감탄하기도 하고 울부짖고 원망하며 그렇게 흘러갑니다. 물은 흐르다 보면 합쳐지기도 하고 때로는 갈라지기도 합니다.

세상의 모든 사람들이 자신의 자리에서 살아가는 삶의 모습이 다르듯이 우리 모두는 자신을 중심으로 한 작은 공간 안에서 자신만의 왕국을 건설하여 의미를 부여하고 가치를 만들어서 살아가고 있습니다. 그동안 수없이 일탈을 꿈꾸어 왔지만 꿈을 꿀수록 더 멀리 달아나는 게 현실이었습니다. 그럴 때마다 물불 안 가리고 삶 전체를 내동댕이치고 싶은 순간들을 수없이 반복하였지만 삶은 그런 것이라고, 내 뜻과 다른 불편하고 복잡하고 귀찮은 일들이 나를 힘들게 하며 행복하게 쉴 수 있는 내 차례는 점점 멀어져 가는 슬픔으로 받아들일 수밖에 없습니다.

슬픔으로 인한 내 사상은 구겨진 채로 집으로 돌아오는 골목 어귀로부터 나뒹굴고 그 모습을 바라보는 나는 외로워졌습니다. 내가 외로워진 이유를 나도 모르고 당신도 알 수 없습니다. 누구든 누구에게든 버리고 버려져서는 안 되는데 가정에서 버려지고 회사에서 버려지고 사회에서 버려졌습니다. 한 사람의 인생이란 온통 버림 투성이고, 그것 역시 내가 살아온 방식으로 해결할 수밖에 없으며 내가 살아온 상식으로 이해할 수밖에는 다른 방법이 보이지 않습니다.

진실은 언제나 나타냄 없이 숨어서 존재하는 것, 그래서 인간의 슬픔은 끝나지 않는지 모르겠습니다.

끝내 피할 수 없는 이별… 죽음을 향한 시간

매일 매일의 하루를 되찾는 생활을 하면서 비로소 즐거운 것과 좋은 것의 차이를 조금은 알게 되었습니다. 극에 치닫는 즐거움은 좋은 것만이 아니라 오히려 큰 슬픔을 가지고 올 수도 있습니다. 다른 사람이 아무리 즐거운 일이라고 말해도 내가 직접 겪어보고 느껴보지 않으면 진짜 즐거운 일인지 아닌지를 가늠할 수 없습니다. 내가 직접 느껴보아야만 비로소 나에게 적합한 일인지 즐거운 일인지 그렇지 않은 일인지 알 수 있습니다.

하루 중에 저녁 시간은 항상 가장 즐거운 시간이 되어야 한다고 여겼던 때가 있었습니다. 매일 똑같은 일상 속에서 저녁은 하루를 마무리하고 정리하는 시간이기 이전에, 삶에서 즐길만한 것을 찾는 시간이 되어야 한다고 생각을 했습니다. 저녁은 힘든 하루의 보상이 되거나 그런 일이 없더라도 즐거운 무언가를 해야 한다고 믿었습니다. 그렇다고 특별한 이벤트를 추구한 것은 아닙니다. 다만 저녁 시간이라는 것이 하루 중에 가장 마음이 편하고 내일 준비하는 시간이 되어야 한다고 생각했습니다.

매일 매일이 하루를 되찾는 생활을 하면서 그 속에서 쉼을 하고 하루의 지친 몸과 마음을 누이고 나를 들여다보며 내일을 준비할 수 있을 것이라는 믿음 때문입니다. 우리에게는 어리석음을 이겨낼 힘이 부족합니다. 하지만 거의 애쓰지 않았는데도 세월 덕분에 순전히 저절로 생긴 약간의 지혜가 있습니다. 인생이 순식간에 지나간다는 것을 대부분의 사람들은 느끼고 있지만 그 짧은 시간 속에 아쉬움 만큼 이 순간 절대적 행복감을 느끼는 사람은 그리 많지 않습니다. 삶은 그렇게 인간에게 호의적이지 않은 것 같습니다. 허무하고 덧없으니 그 무엇을 제대로 하지 않고 포기해야 할 때가 더 많은 게 우리들 삶입니다.

잠자리에 드는 저녁마다 나는 오늘 하루에 깊은 감사를 드림과 동시에 이 하루가 덧없이 지나가고만 것에 대해서는 끝없이 깊은 슬픔을 느낍니다. 이 밤으로 향하는 시간은 나로 하여금 삶의 한계를 상기시켜 주지만 이 밤은 필경 새로운 아침에 이르기 전의 밤에 지나지 않는다는 사실이 나를 위로해 주지는 않습니다. 그럼에도 스스로 놓아야 할 것과 지켜야 할 것을 인정해야 합니다. 죽음을 향한 그림자는 달빛의 밝기만큼 달려옵니다. 당신과 내가 이별할 시간도 머지않은 듯합니다.

육십이 넘어서 한 생각

—

두 장 남은 달력을 보고

많이 와 버렸음을 생각했다

어린왕자를 읽고

너무 어른이 되었다고 생각했다

곱게 물든 단풍을 보고

얼마 남지 않았을 것이라고 생각했다

장미를 보고 국화를 보고

스테이크를 먹고 파스타를 먹고

블루마운틴 커피를 자바칩프라푸치노를 마시고

각시붓꽃도 있고 제비꽃도 있고

검들김치도 있고 머우깨국도 있고

수국차도 자작나무차도 있다는 걸 잊고 있었다

구름을 보고

아직 흘러간다는 것을 알았다

일을 마치고 집으로 돌아가는 길. 남서쪽 하늘에서 북동풍을 따라 화난 얼굴을 하고 조금씩 세를 키우던 검은 구름이 천둥 번개와 함께 엄청난 폭풍우를 나를 향해 휘몰아쳤습니다. 달리던 내 차의 바로 앞에서 커다란 나무가 부러지며 길을 막아버렸습니다. 앞으로도 뒤로도 움직일 수 없는 상황이 만들어져 버렸고 한 시간을 그렇게 갇혀버렸습니다.

인생을 살다 보면 천둥도 울고 번개도 치고 다 그런 것을, 나는 살 만큼 산 나이 육십이 넘은 지금도 자연의 이치를 미처 깨닫지 못하고 내 안에 갇혀 살고 있다는 생각이 들었습니다. 차 속에 갇힌 채 자동차 룸미러에 내 얼굴을 비쳐 보았습니다. 온기라고는 한 점도 남아있지 않아 만지기만 해도 부슬부슬 분해되고 말 것 같은 황량하고 메마른 얼굴과 표정이 숨을 쉬고 있었습니다.

어린왕자를 읽고 너무 어른이 되었다고 생각

11월이 한참 지난 어느 날 아내가 서재에 걸려있는 10월

달력을 넘기며 나의 게으름을 지적했습니다. 아내의 잔소리가 슬픈 것이 아니라 두 장에서 한 장으로 줄어드는 달력의 마지막 남은 한 장을 보며 서글픈 생각이 들었습니다.

나는 육상경기 중에서 가장 재미있게 보는 종목이 1,600미터 계주 경기입니다. 400미터씩을 네 명의 주자가 트랙을 한 바퀴씩 돌고 바통을 다음 주자에게 넘기고 달리는 경기 방식에서 스피드와 함께 바통 터치라는 기술적인 문제까지 매끄럽게 진행시켜야 하는 팀워크가 매우 중요한 경기이기 때문입니다.

인생이라는 트랙에서 지난해와 새해라고 일컬어지는 시간의 경계가 두 장 남은 달력의 두께만큼 저만치에서 안개 속 바람처럼 서서히 그 모습을 보이며 바통 터치를 하려고 달려오고 있습니다. 우주 만물이 하나라는 창조주의 명령 앞에 불응한 인간은 흘러가는 세월에 시간이라는 선을 그은 채 하루, 한 달, 일 년이라는 경계를 만들었고 대지 위에, 바다 위에 선을 긋고 내 나라, 내 땅, 내 것이라고 주장합니다.

삶이라는 생존경쟁의 광야에서 나의 인생은 어떠했는가? 우리는 광야에 서 있습니다. 수고하고 힘쓰고 고단한 나의 하루, 짓밟고 짓밟히고 보낸 나의 일상. 그게 바로 우리의 '광야'가 아닐까요. 내 안에서는 하루에도 순간순간마다 시도 때도 없이 올라온 '악마'와 죽음을 담보로 놓고 힘들게 사투를 벌이며 경계를 만들고, 명예를 지키고, 권력을 차지하려는 유혹이 때로는 살가운 산들바람처럼, 때로는 산더미만한 파도처럼 넘실대며 나를 유혹하였습니다.

너무 시간이 흘렀고 그사이 나는 너무 많이 어른이 되어버렸습니다. 숫자를 사랑했고, 장밋빛 벽돌집 보다는 10만 프랑짜리 집을 좋아했습니다. 양들이 작은 떨기나무를 먹는다는 것에 아무런 관심이 없었고 슬플 때는 누구나 해가 저무는 것을 보고 싶어 한다는 것을 몰랐습니다. 나는 꽃 한 송이 향기를 맡은 적도 없고, 별 하나를 바라본 적도 없고, 덧셈밖에는 다른 일을 한 적 없다는 것 그리곤 하루종일 중요한 일을 하는 사람이라고 으스대고 살았습니다.

내가 사는 나의 별인 이 지구라는 행성 위에 내가 달래 주어야 할 어린 왕자가 살고 있었다는 것, 꽃은 호랑이보다 바람을 무서워한다는 것, 이제 육십이 넘은 나이가 되어서야 내가 부끄러운 사람이라는 걸 알았고 부끄러움을 숨기기 위해 억지를 부리며 아픔을 잊으려 나를 학대하고 살았다는 생각이 듭니다.

구름을 보고야 아직 흘러간다는 것을 알았다

우리가 안다고 하는 아는 것의 시작은 보는 것으로 출발하여 두뇌를 거쳐 느끼고 가슴으로 다가와 그곳에서 따뜻하게 익힌 다음 기억이라는 저장고에 두었다가 필요할 때 가끔 꺼내 보는 것일 수 있습니다. 그런데 아쉽게도 필요한 때인 그때를 잊고 살고 있는 것이 우리들의 모습입니다.

현명하지 못한 우리의 생각은 유명하고 잘 알려진 것만 선호했고 맛있다고 생각하는 것과 특별하다고 이름난 것에만 집중하고 살았습니다. 각시붓꽃은 제자리에서, 제시간에 피어야 하고 제비꽃은 제비꽃으로 피어야 합니다. 각시붓꽃이, 제비꽃이 장미가 피듯 국화가 피듯 담장에만, 봄날에만 피면 세상에는 빈자리가 없습니다.

세상을 아름답게 보기 위해서는 획일이 아니라 조화가 중요합니다. 전체와 어울리는 조화의 아름다움을 통해 비로소 각시붓꽃의 선함도 제비꽃의 아련함도 소중한 생명입니다. 살아가다 보면 많은 것이 잊혀지고 떠나고 잊힌 후에야 소중한 인연이었음을 알 수 있습니다. 내가 슬픔 속에서 당신이 기억되고 만나보고 싶은 까닭인지도 모르겠습니다. 고개를 숙이듯 가을에게 자리를 내어 준 계절은 상실감에 눈물 젖은 눈빛으로 하늘을 향해 구애해 보지만 이미 주도권을 틀어쥔 가을은 바람결에 곱게 무늬를 만들고 있습니다.

이미 가을은 여름을 향한 애달픈 꽃이 되었고 여름은 가을을 향한 서러운 꽃이 되어 서로의 볼을 쓰다듬고 있습니다. 이별은 서로의 눈물 속에 상실의 그늘을 만들며 자연 속에서 세상을 향한 몸짓으로 다가오고 있었습니다. 봄이 있었기에 여름이 기다려지고 여름이 자리를 내려놓기에 가을이 형형색색의 풍경을 만들고 하얀 겨울을 기다리게 합니다. 슬픔을 머금은 자연 안에는 스스로를 치유하고 또 다른 길로 인도하는 순환의 고리가 있나 봅니다.

하루살이를 보고 지금부터 잘 살 거라는 믿음

맹목이라는 말이 있습니다. 눈이 있어도 앞을 보지 못한다는 것을 뜻합니다. 세상에 볼 것이 너무 많은 이유도 있겠지만 분명히 정면을 주시하는데 아무것도 안 보이는 겁니다. 아니, 보기는 보지만 내가 보고 싶은 것만 골라서 보고 그러다 보니 주객과 주종과 본말이 뒤섞여서 중심을 보지 못하게 되는 것입니다.

대체로의 사람들은 자기가 하는 일에 대한 정체를 잊고 앞만 보고 달리다 보니 자신의 자리마저 잊어버리게 되는 것은 아닌가 하는 생각이 듭니다. 내 안의 깊은 바다로 내려가기가 참 어렵습니다. 물론 그물을 던지기도 어려워집니다. 내가 해야 할 몫을 빠트리고 내 안의 깊은 바다를 건너뛰고 있는 것인지도 모르겠습니다.

　나는 누구의 눈으로 세상을 보고 있는 것인가요. 나의 눈, 아니면 세상의 눈인가. 잘 산다는 것은 어떤 모습일까요. 마음을 분산시키지 않도록 하는 것이 중요합니다. 먼저 내 삶이 정돈되고 바탕이 되어야만 하고자 하는 일에 마음을 쏟을 수 있습니다. 그러나 나는 전심전력이 여타 다른 것들을 다 무시하고 하나에만 집중하는 것이라고 생각하지는 않습니다.

　꿈을 찾는데 나에게 중요한 것이라고 하더라도 가족이나 친구는 언제까지나 내 삶의 기본입니다. 기본을 무시하고 앞만 보고 내 달리는 것이 아니라 내가 하고자 하는 것에 행복하기 위해서는 인생에서 바탕이 되는 여타의 것들에 대해서도 진지한 마음을 가져야 합니다. 행복이란 고요 속에서 나를 서서히 들여다보며 몸 안의 물소리를 따라 천천히 흘러가는 것. 어쩌면 그게 전부인지도 모르겠습니다.

당신의 무덤

—

무덤을 파고

산을 내려오다 가슴에 묻은 흙을 털어 낸다

비탈진 산길의 각도만큼 비스듬히 기운 생각이

발을 헛디뎌 허리가 꺾인다

무능이 이제는 비겁해져서

본능의 울타리를 넘어

관습과 자아의 경계에서 신음을 내며

자유를 모의하고 있다

무덤을 파고

산을 내려오다 가슴에 묻은 욕정을 털어 낸다

내가 판 무덤은

내가 묻힐 곳이 아니란 걸

이제서야 깨달았다

무덤 속에는 이미 당신이 있다

날씨가 좋은 날 하늘을 올려다봅니다. 눈을 떼지 않고 흘러가는 구름을 바라보고 있으면 이 순간에는 아무런 생각도, 아무 행동도 하지 않지만 구름을 통해서 한가로이 흘러가는 시간을 보게 됩니다. 그러다 문득 나라는 존재가 이 세계에서 얼마나 미미하고 보잘 것 없는지 깨닫고 놀랄 때가 있습니다. 나는 본래 그런 존재임에도 계속 그 사실을 잊은 채 쉴 틈 없이 바쁘게만 살고 있기 때문입니다. 아무것도 아닌 것처럼 보이지만 마음을 한가로움에 내놓고 즐길 수 있는 것은 쉽지 않은 일입니다.

가만히 있는 것, 내면을 고요하게 들여다보는 것은 무엇보다 힘든 일입니다. 한 발 떨어져 삶을 지켜보면 가지려는 것보다 이미 가진 것이 눈에 들어옵니다. 내가 가지지 못한 것보다는 가진 것에 집중할수록 삶의 만족도가 높아집니다. 이미 가지고 있는 것을 생각해 보면 가치를 헤아릴 수 없을 정도로 과분하다는 생각이 들기도 합니다. 감사함과 만족감을 주는 것을 외면하고 없는 것을 가지고자 하는 부정적인 마음으로 나를 채울 이유가 없습니다.

나의 자유는 일상에서 만나는 당신이기를…

자꾸 거울 앞에서 내 얼굴을 바라보게 되는 요즘, 난 내 얼굴에서 사막을 만납니다. 나이를 먹고 늙어감이란 고통과 슬픔, 시련이 아니더라도 세월은 한 사람을 아주 메마르게, 건조하게 만들기 충분한 어떤 거역할 수 없는 힘을 가지고 있습니다.

자신의 인생 자체가 내가 주인이 아닌 무언가에 담보되어 있다는 생각, 슬쩍 덮어둔 어둠과 상처는 끝난 것이 아니며 내가 서 있는 삶 어딘 가에 깊이도 알 수 없는 무덤으로 존재한다는 것을, 면도를 하려고 비누 거품을 가득 묻힌 채 확대경을 통해 바라보았습니다. 그 모습은 내가 나의 발치에 있는 어둠과 음습함을 슬쩍 가린 채 양지쪽으로만 나가려는 모습이었습니다.

존재하는 모든 것은 그 부피만큼 눈물을 흘린다고 합니다. 올올이 수 놓아지는 인생의 무늬 앞에 무엇이 씨줄과 날줄로 어떤 모양을 짜고 있는지 모릅니다. 지금은 그 형체를 알 수 없지만, 세월이 그 확실한 그림을 보여줄 것입니다. 우리가 한 세상 살면서 다른 것 다 버려도 끝내 포기하지 못할 단 하나의 키워드가 있다면, 그것은 바로 자유일 것입니다.

인간이 자유로운 존재라는 말은 어쩌면 과장된 말이라는 생각이 들었습니다. 인간은 구속된 존재입니다. 그 구속은 나를 휘감아 질기고, 촘촘하며, 숙명적입니다. 그럼에도 인간은 자유롭지 않으면 안 되는 존재입니다. 그것은 사실의 영역이 아니라 당위의 영역인데 그 당위는 고귀하고, 고귀한 만큼 아무나 얻을 수 없는 것이 자유이기 때문입니다.

나는 자유를 모의하는 자가 나와 일상에서 만나는 당신이기를 바랍니다. 당신과 나는 서로에게 진실을 감춘 채 겉만 내비치는 '그저 그런 만남'에 만족하지 않았으면 좋겠습니다. 당신과 나는 서로 안에서의 '애타게 찾던 것'을 찾아주도록 격려하고, 서로의 '껍질'을 벗겨 나가는 일을 진실로 기원하는 관계라면 좋겠습니다. 동물의 왕국을 보면 알에서 깨어나는 새끼의 부화를 어미 새는 철저히 지켜만 볼 뿐 억지로 깨어주려 하지 않습니다. 껍질을 깨고 나를 살리기 위해선 자신의 의지와 노력이 가장 중요하기 때문이라고 합니다.

나에게 자유는 바로 당신입니다. 이것이 신을 믿지 않는 자의 의무든 믿는 자의 권리든 상관없이 자유의 가능성이기를 나는 원합니다.

흔들리는 나를 지켜준 당신에 아프도록 감사

산을 내려오는데 바람 한 자락이 건들 불어와 내 몸을 휘감아 버립니다. 살갗에 스치는 감촉이 상쾌하지만 내가 머물 곳이 이곳이 아니라는 건 내가 바람처럼 당신에게서 자유롭지 못한 까닭입니다. 옛날이나 지금이나 인간의 삶의 마지막에 무덤이 있습니다. 삶과 죽음, 둘을 나누어져 있습니다. 언젠가 우리는 그 무덤 앞에 서야 합니다. 육신의 무너짐과 함께 그 무덤 속으로 들어가야 합니다. 누구도 알지 못합니다. 무덤 속이 얼마나 차가운지, 무덤 속이 얼마나 어두운지, 그곳에도 삶이 있는지, 있다면 어떤 삶인지.

우리는 모릅니다. 각자의 종교, 각자의 신념을 통해서 믿거나 꿈꿀 뿐입니다. 그래서 낯설고, 그래서 두렵고, 그래서 슬픕니다. 곰곰이 생각해 봅니다. 궁금해집니다. 죽음은 정말 그곳에만 있을까. 눈을 감습니다. 우리의 삶, 우리의 일상을 살펴봅니다. 그러다가 깜짝 놀랐습니다. 육신의 생명이 다하는 곳. 거기에만 무덤이 있는 것이 아니었습니다. 그리고 고민하였습니다. 내 삶과 죽음 속에는 이미 당신이 살아 있었습니다. 그래서 얼른 무덤을 덮어 버렸습니다.

발밑에 웅크리고 엎드려 흔들리는 나를 움켜잡고 있던 당신이 있어 오늘 아프도록 고맙고 고맙습니다.

죽는다는 것

—

바람이 부는 건

바람이 바람을 미는 것

슬픔이 슬픈 건

슬픔이 슬픔을 만드는 것

인생이 삶인 건

인연이 모여 나를 만드는 것

바람이 슬픔이 인생이

찰나의 집합체

이제

비라도 흠뻑 내리면 알 수 있을까

모든 것은 모두 다 죽는다는 거

인연이여! 고맙고 고맙습니다. 지는 꽃 그늘에 앉아 생의 인연을 생각합니다. 봄에 핀 꽃은 흔적도 없이, 여름에 피었던 꽃들도 눈부시게 피었다가 한순간 이렇게 지는 까닭을 나는 알지 못합니다. 저 봄에 핀 꽃도 여름에 핀 꽃도 내년에 또다시 볼 수가 있을지 모르겠습니다.

모든 인연이 다 고맙고 서럽습니다. 이번 생에 내게 온 인연 가운데 고맙고 서럽지 않는 인연이 없습니다. 이 생이 있기까지 얼마나 많은 세월이 있었나요. 그 무량의 세월을 봅니다. 이 인연이 있기까지 얼마나 오래 기다려 왔던가요. 이 인연이 얼마나 간절히 소망하던 것이었던 가요.

내 게로 온 모든 인연이여, 고맙고 고맙습니다. 이번 생에 우리가 머무는 시간은 얼마일까요. 이번 생에서 우리가 만나 함께 하는 시간은 얼마일까요. 그 찰나의 시간을 봅니다. 다시 돌아가야 할 때를 보며 시방 내가 깨어 있어야 할 까닭을 생각합니다.

그리고 이 순간의 절실함을 봅니다. 그토록 오랜 기다림과 한순간의 짧은 만남 그리고 헤어짐. 오랜 기다림과 기다림의 그 짧은 순간에 이렇게 만났습니다. 언제 또다시 우리가 이렇게 만날 수 있을지 알지 못합니다. 또다시 얼마나 많은 세월을 기다려야 할지 알 수 없습니다. 모든 인연이 서러운 것은 이 때문인지도 모르겠습니다.

사랑에 인색한 나를 보며… 또 보이는 마음

어느새 가을이 성큼 다가왔습니다. 올해 여름 더위가 유난했기 때문인지 이 가을의 기운이 어느 때보다 더 깊게 느껴집니다. 지나가는 이 여름을 돌아보면서 새삼 사랑에 인색한 나를 봅니다. 수많은 자연들, 인연들의 사랑과 은혜를 받으면서도 제대로 마음을 다해 응답하지 못했다는 생각이 다시 들었습니다. 이제껏 나는 보고자 하는 내 간절한 마음이 그것들을 보게 하는 것이라 믿었습니다.

그러나 자연이 드러내지 않는 한 나는 아무것도 볼 수 없다는 것을 지금에야 깨닫습니다. 내가 보는 게 아니라 자연이 나에게 보여주는 것인데 그걸 모르고 살았습니다. 어찌 보는 것뿐이겠습니까. 살아있어 내가 느끼고 인지하는 모든 것이 다 그러한 것임을….

모든 것은 모두 다 죽는다는 거… 그게 인연

젊은 시절에는 '내 삶은 어떻게 될까? 나는 무엇을 이루고 싶어 했고, 그것을 위해 무엇을 할 수 있을까' 하고 미래를 향하던 나의 질문이 이제는 '나의 삶이 어떻게 흘러왔던가? 지금까지 내가 무엇을 했으며 무엇을 이루었는가'라고 과거를 돌려 바라봅니다.

인간이라면 누구나 자신이 가진 시각과 분리돼 존재할 수 없으며 각자의 삶의 위치에 따라 영향을 받을 수밖에 없습니다. 삶의 한계성에 대한 지식은 확대되어 짐에도 불구하고 내 삶의 한계가 어떨 것이라는 확신이 없습니다. 왜냐하면 내 삶의 한계는 다가올 미래에 겪게 될 일이며 지금의 이론은 그냥 지금껏 살아온 과정에서 만들어 낸 이론에 불과하기 때문입니다.

그래서 '나' 없이 세상을 돌보며 섬기는 삶도, 이 '나'를 활짝 꽃피워 세상을 장엄한 삶도 살지 못하면서 내게 주어지는 그 사랑에 대해 응답하는 일조차 한 번도 제대로 못하고 있다는 생각이 설움처럼 느껴집니다. 이제 곧 "계절이 지나가는 하늘엔 가을로 가득합니다"라는 윤동주 님의 애절한 노래처럼 가을이 가득해지겠지요. 이 계절엔 고맙고 서러운 나의 인연 들을 더 따스하게, 더 깊이 안을 수 있기를, 그리하여 내 자신이 한결 넉넉하고 편안해질 수 있기를 마음 모았습니다.

이제는 좀 더 느려지는 것, 내가 가진 힘을 경제적으로 배분하는 것, 스스로에게 관용을 베풀고 어쩌면 이전보다 더 많이 홀로 있기를 즐기고, 살아온 인생을 곰곰이 생각하며 더 이상 먼 미래가 아닌 죽음을 떠올려보는 것을 배워야만 합니다.

죽음이 삶에서 가장 무의미한 일이라 할지언정, 모든 개체는 소멸하지 않을 수 없습니다. 소멸해야만 전체로서의 생명은 이어질 것이고 모든 존재하고 있는 물질에 적용됩니다. 그렇게 해서 새로운 생명을 위한 터전이 마련되고 인연이 생기게 됩니다.

이 가을에 만나는 모든 인연을 안아 주고 싶습니다. 누가 누굴 손가락질하고 누가 누굴 용서할 수 있겠습니까. 가없이 깊고 푸른 저 하늘을 보며 인연이 더욱 그리워집니다. 자연이 일구는 이 가을, 떠나고 머무는 곳마다, 만나는 인연마다 미안합니다.

하늘에 가을이 가득해지고 온 강산에 붉게 물든 낙엽을 떨구려 비라도 흠뻑 내리면 그때쯤에는 사람도 죽고 모든 것은 죽는다는 것을 알 수 있을 것입니다.

영혼 깊숙한 곳을 울리는 바람

이종국 워싱턴 한국일보 편집국장

'겨울부채', 이 기묘하고도 아름다운 조합은 마치 우리 삶의 모순과 역설을 응축해 놓은 듯합니다. 뜨거운 여름을 견디게 했던 도구는 차가운 계절의 정점에서야 비로소 그 존재 이유를 달리합니다. 이제 그것은 바람을 일으키는 대신, 멈춤과 사색의 상징이 됩니다. 메릴랜드의 숲속에서, 20여 년의 시간과 황량한 이국의 바람을 맞으며 쌓아 올린 심재훈 작가의 글들이 바로 그러합니다.

심재훈 작가의 글은 소박해 보이지만, 그 안에는 인간 본연의 고독과 성찰이 깊이 박혀 있습니다. 그것은 마치 오래된 나무의 나이테와 같아서, 한 줄 한 줄마다 지나온 계절의 흔적과 고뇌의 깊이가 새겨져 있습니다.

그는 세상의 소란 속에서도 자신만의 맑은 우물을 파는 고집스러운 예술가입니다. 때로는 뚝심으로, 때로는 어린아이 같은 동심으로 세상을 바라보며, 우리가 잊고 지냈던 삶의 소중한 의미들을 일깨워 줍니다.

‘하로동선(夏爐冬扇)’에서 가져온 ‘겨울부채’라는 필명처럼 그의 글은 세속의 시간과 유행에 얽매이지 않고 오직 자신만의 궤적을 그리며 묵묵히 나아갑니다. 이번 수필집은 바로 그 내밀한 기록의 총체입니다. 낯선 땅에서 뿌리내린 이민자의 고독이 겨울부채처럼 차가운 침묵 속에서 사색의 바람을 일으키고, 그 바람은 독자들의 마음 깊숙한 곳에 스며들어 잔잔한 울림을 남깁니다.

그리고 세속의 덧없음 속에서도 꿋꿋이 인간다움이라는 가치의 깃발을 세웁니다. 때로는 ‘산들바람’처럼 부드럽고 서정적인 멜로디로, 때로는 ‘뚝심’ 있는 노스탤지어의 화음으로, 독자의 영혼 깊숙한 곳을 조용히 울립니다.

《육십이 넘어서 한 생각들》을 펼치는 순간, 독자들은 메릴랜드의 고요한 숲길을 ‘겨울부채’라는 필명의 작가와 함께 걷는 경험을 하게 될 것입니다. 그 길에서 우리는 삶의 모순을 끌어안고, 자신을 향한 질문을 던지며, 마침내 삶의 결을 찾아내는 지혜를 얻게 될 것입니다.

겨울의 문턱에서 만나는 따뜻하고도 사려 깊은 그의 글들이, 차가운 바람에 흔들리는 우리 모두에게 견고한 위안과 깊은 통찰을 선물하길 기원합니다.

마음의 근육을 키워주는 고백

이완홍(바나바스) 미국 성공회 사제

가을의 서늘한 바람이 부는 이때 또 하나의 작품을 탈고하신 심재훈 작가에게 축하의 말씀을 드립니다.

자신의 삶을 언어와 문자로 말하고 글로 풀어내는 사람에게는 자신의 삶을 반추하고 명상해 온 사람만이 가질 수 있는 능력이 있다고 생각합니다. 누구나 그렇게 하고 싶은 꿈을 가지고 있지만 그 꿈을 이루는 사람은 많지 않습니다.

그만큼 우리의 삶을 관조할 수 있는 여유를 누리지 못하고 사는 것이 이유일 것입니다. 심재훈 작가의 《육십이 넘어서 한 생각들》은 60년 너머의 인생을 살아온 스스로의 고백이라고 여겨집니다. 인생의 후반기를 맞이하여 지나온 당신 삶의 이야기들을 담담하게 그리고 있습니다.

누구나 생각은 하지만 그것을 글에 담아 표현하기에는 때로는 고민스럽기도 또는 부끄럽기도 하겠지만, 그것을 벗어버린 날것의 나를 보여주며 공감의 세계를 열어나가는 것은 참으로 멋진 일이라 생각합니다.

그동안 글을 쓰면서 함께 한 벗들과 이심전심으로 주고받은 생각과 삶의 현상들을 심재훈 작가는 오롯이 당신의 마음에 담아 우리 모두에게 전해주는 것 같습니다. 사제(司祭)는 강론으로 사람들과 소통하지만, 작가는 글로써 사람들과 소통합니다. 글은 누군가의 손에 들려져서 마음으로 읽히고 마음의 근육을 키워줍니다.

저는 이번에 발간하는 《육십이 넘어서 한 생각들》의 글이 독자들과 나누어질 때 어느 부분에서 겹치는 공감의 자리가 만들어지고 그곳에 자신들의 이야기가 들어갈 수 있는 의미 있는 수필이 될 것이라는 생각을 합니다.

늘 글을 쓰시면서 스스로 외로움을 즐기는 심재훈 작가의 즐거운 인생을 응원하며 또 다른 글을 벌써 기대해 봅니다.

육십이 넘어서 한 생각들

초판 1쇄 발행 2025년 11월 13일

지은이 겨울부채
펴낸이 이낙진
편집 · 디자인 홍성주, 이지은

펴낸곳 도서출판 소락원
주소 경기도 양평군 강상면 강남로 714-24
전화 010-2142-8776
이메일 sorakwon365@naver.com
홈페이지 www.sorakwon365.com

ISBN 979-11-990488-4-3 03810

• 책값은 뒤표지에 있습니다.
• 파본은 구입하신 서점에서 교환해 드립니다.